LA LISTA

L. MOONE

TABLA DE CONTENIDO

***

Virgen

Capítulo Uno

La primera y auténtica señal de que nuestra relación estaba condenada al fracaso llegó unas cuantas semanas antes de nuestro cuarto aniversario. Durante una conversación con Sally - de quien se puede decir que es mi mejor amiga al igual que mi colega - ella especuló sobre si Jeff me propondría matrimonio o no. El pensamiento hizo que entrara en pánico. No me malinterpretéis, yo no le odiaba. De hecho, en realidad le amaba de algún modo, pero la idea de que esto era lo que la vida tenía destinado para mí me deprimía enormemente. Había más cosas que tenía que hacer; más experiencias que aún tenía que vivir.

¿Estaba de verdad pensando en pedirme en matrimonio? Ciertamente esperaba que no porque no podía aceptar. De ninguna manera. Y yo siempre había odiado los enfrentamientos, así que tener que decir 'no' era una perspectiva extremadamente desagradable.

De algún modo, encontrar los emails inapropiados que le había enviado a su antigua amante había sido un alivio. Una oportunidad de tener una ruptura relativamente limpia sin tener que confesar verdades incómodas. Me fui de la casa en un mes y me encontré libre, pero también aprensiva sobre lo que el futuro me depararía a continuación. ¿Encontraría lo que había estado echando de menos?

No volvería a cometer los mismos errores. Empezar una nueva relación por despecho, sin celebrar por completo mi recién descubierta libertad no entraba en mis planes. Necesitaba un plan para averiguar cuando estaría preparada para sentar la cabeza. Un medio de medir si había vivido mi vida de soltera al límite.

Así es como *la lista* nació. Aún cuando sólo menciono las partes más memorables, entre líneas intenté no sólo cambiar con quien, sino también como o donde me pondría *manos a la obra*.

Hacer:
Virgen
Madurito
Extraño
Trío

De hecho, estoy omitiendo varios pasos que seguí para llegar a este punto: la deprimente comprensión de que estaba, por primera vez en mi vida adulta, sola en el mundo. La siguiente noche la pasé con Sally, bebiendo vino, llorando, y quejándome sobre lo injusta que es la vida, hasta que unas cuantas copas más tarde sus ojos se iluminaron con la mejor idea que había oído nunca.

A diferencia de la mayoría de ideas de borrachos, ésta era bastante factible. Ella me preguntó sobre mis fantasías sexuales más oscuras y profundas. Ella me animó a dejar que mi zorra interna saliera y que me divirtiera de maneras de las que nunca había podido mientras jugaba a ser la comprometida novia limpísima.

Mientras abríamos nuestros corazones, nuestras imaginaciones combinadas o el vino, probablemente más el vino, despertaron algo en mí. Podía sentir como me iba excitando, ruborizándome febrilmente mientras escuchaba anécdotas de algunas de sus menos responsables hazañas. Ella no se dejó ningún detalle en el tintero y yo sentía una urgencia creciendo dentro de mí.

Yo quería ser esa chica: la que entra en una habitación y hace que las cabezas giren en su dirección. Ella me hizo sentir que yo tenía ese potencial, en el modo en que describió como me veía. No aburrida y mediocre como me había sentido toda mi vida, sino una belleza rara y exótica que podía ejercer un inmenso poder sobre los machos de la especie. Fue una revelación.

Nunca tuve la intención de que jugar con otra chica formara parte de *la lista,* simplemente porque pasó demasiado rápido. Los detalles exactos de como terminó esa noche se escapan a mi comprensión. Todo lo que sé es que nos despertamos con la cabeza nublada y medio vestidas en mi cama, con uno de los brazos de Sally descansando sobre mi pecho.

Ese hecho sólo probablemente habría sido mucho más raro de lo que fue. En vez de preocuparnos por memorias borrosas, simplemente acordamos que la noche había servido su propósito y que *'deberíamos volver a hacer esto alguna vez.'*

De todos modos, de vuelta a la lista. Algunas incorporaciones eran claras elecciones en las que había pensado durante mucho tiempo: liarme con un chico virgen y con un hombre mayor, por ejemplo. Otros detalles me vinieron a la mente tras intercambiar ideas con la borrachera. Estos normalmente empezaban con la frase *'no sería increíble si...'*

A la fría luz del día, aún permanecía algo de esa excitación. Sin embargo, también había perdido un poco de confianza y empecé a dudar de si podría poner esto en práctica. De hecho, Jeff sólo era el segundo tío con el que me había acostado, y estaría mintiendo si dijera que destaparlo todo delante de varios hombres no era cuando menos un poco inquietante.

Pero cruzaría ese puente con el tiempo, así que me preparé para ejecutar las etapas iniciales del plan. Sally me había enseñado una página web que ella había usado antes para follar, como una red social para mentes sucias. Para evitar cualquier riesgo de precoces problemas de compromiso, se decidió que mi historia sería la de una esposa aburrida que buscaba algo de diversión alternativa.

Configuré mi perfil con una foto adecuadamente disfrazada, escasos detalles personales mencionando mi supuesto matrimonio y una bien repleta lista de intereses y perversiones sexuales. La frase inicial era simplemente mi recién adoptado lema: *Sin compromisos, sólo placer.*

Las posibilidades eran alucinantes. ¿Qué tipo de hombre me gustaría? ¿A quién miraría en la calle? No podía formular una respuesta clara. No tengo un "tipo", sólo una larga lista de potenciales, así que escribí todo lo que pude imaginar. Pelo largo, pelo corto, barba, bien afeitado, gordo, atlético, mayor, joven, blanco, negro, cualquier cosa entre esos dos colores. El único propósito de este ejercicio era que no tenía que centrarme sólo en uno; podía tenerlos a todos.

A pesar de no mostrar carne en mi fotografía, no pasó mucho tiempo antes de que empezaran a llegar peticiones de amistad y mensajes. Entre la inevitable oleada de mensajes repugnantes para la que me había preparado, también había mensajes más considerados que el simple *'enséñame las tetas'*. Quizás podría encontrar de hecho espíritus afines para compartir mi cuerpo con la adición de buena conversación, pero sin las expectativas de la monogamia cerniéndose sobre mi cabeza.

Cuando me volví a conectar tras el trabajo el viernes, mi bandeja de entrada estaba llena y mi lista de amigos había crecido considerablemente también. Me sentí fortalecida para explorar más la página, para unirme a varios grupos, y leer algunos mensajes. Me sorprendió la cantidad de miembros que tenía el sitio web. Incluso encontré un grupo con anuncios personales locales que podría mantenerme ocupada durante un buen rato.

Capítulo Dos

El anuncio titulado *'cansado de ser virgen'* capturó mi atención inmediatamente. Fue escrito por un tío en la veintena que explica en lo que es el eufemismo del siglo que nunca ha tenido mucha suerte en sus relaciones: nunca ha estado con nadie. Me cuesta concentrarme en el texto completo porque su foto de perfil sigue invitándome a mirarle fijamente.

Sus ojos me sostienen como un ciervo pillado por los faros de un coche. Tiene un estilo un poco hipster, con pelo castaño ligeramente demasiado largo y con perilla. ¿Cómo demonios había llegado tan lejos sin haber tenido ni siquiera una cita? Ni siquiera un beso. ¿Cuál es la trampa?

No tenía elección. Este anuncio, en este momento. Es todo una señal. Yo estaba destinada a encontrar este perfil. Casi se me olvida respirar cuando veo su localización, a unos escasos veinte minutos de mi casa. Perfecto. Debo intentar perseguirle.

Parece que ha pasado algún tiempo engordando su perfil; está intentando darle una buena oportunidad a esta página web mientras que también permanece anónimo más allá de su foto y su localización. Su nombre no es mencionado en ninguna parte y eso me parece bien. Para mí, él es un concepto: unas cuantas fotos y un conjunto de gustos, cosas que no le gusta, y preocupaciones, pero no es aún una persona totalmente formada.

Oferta y demanda; él quiere una cierta experiencia, y yo también. Realmente, cuanto menos sepa, mejor, si es que iba a tener éxito y a evitar enredos emocionales por el camino.

Él escribe que le preocupa decepcionar y que ha considerado visitar a una profesional, pero de momento no ha seguido ese plan. Su miedo es que todos los demás chicos tienen experiencia, mientras que él obviamente no la tiene.*Eso puede cambiar, cariño, y no necesitarás pagar.* Él le echa la culpa a su falta de *juego* en su enorme físico, lo cual prácticamente me rompe el corazón. Quienquiera que le haya llevado a creer eso ha sido, no sólo cruel, sino también erróneo por lo que a mí respecta.

Sigo sobrevolando el botón de mensajes. ¿O simplemente debería enviarle una petición de amistad? Ojalá supiera cual sería la forma correcta de tratar esto, pero dudo que nadie haya escrito alguna vez un libro de autoayuda sobre este tema. *'Como liarse con un chico virgen en Fetlife'.* Una lástima. Me gustaría leerlo.

En lugar de actuar siguiendo directamente mis impulsos, decido servirme una copa de vino y pensar. Me imagino que vírgenes deseosos y cercanos no crecen en los árboles, no de este calibre al menos. No puedo permitirme fastidiarla.

Finalmente respiro hondo y le escribo un mensaje. Quizás sería mejor ser simplemente honesta. El vino está empezando a provocarme un agradable entusiasmo, lo cual ayuda definitivamente.

'Hola, He leído tu anuncio personal y me siento obligada a responder. Al igual que a muchos hombres les encantaría ser el primero para alguien, lo opuesto también puede ser verdad. Y francamente estoy sorprendida de que no hayas tenido más suerte hasta ahora, porque creo que eres muy atractivo. Si quieres, envíame una petición de amistad y quizás podríamos ver a lo que nos conduce.'

¿Demasiado directa o no lo suficiente? No consigo decidir si voy a sonar como una idiota y simplemente decido enviarlo antes de dirigirme a la cocina para rellenar mi copa. Frío vino blanco no es la mejor bebida para este frío clima. O quizás son los nervios los que me dan escalofríos.

Sentándome de nuevo con una copa llena en la mano, me doy cuenta de que tengo una notificación: una petición. Supongo que quizás no piensa que soy un idiota después de todo. Aunque mi corazón late como loco, mis nervios están lo suficientemente nublados como para transformar mi ansiedad anterior en excitación.

Cuando le doy a 'aceptar', su nombre aparece en el pequeño recuadro de chat en el lateral de la página, pero no tengo oportunidad de pensar en ello demasiado. Su perfil revela más fotografías que antes no estaban disponibles y estoy distraída sin remedio. Oh, vaya, puedo ver por qué las tenía escondidas en su perfil público porque, al final, no deja nada a la imaginación.

Dicen que las mujeres son menos visuales que los hombres. Aún cuando eso podría ser verdad, ciertamente puedo apreciar la vista. Es hermoso de un modo en que un modelo de ropa interior tratado con photoshop nunca lo sería. Mi deseo de querer algo nuevo y totalmente diferente a Jeff podría convertirse en realidad. Jeff era más delgado de lo normal, muy infantil e imberbe; este chico parecía inclinarse más hacia el otro extremo del espectro en todos los sentidos. Si fuera gay, supongo que se referirían a él como un oso.

Caigo en la idea de que he pasado años siendo muy ingenua sobre mi sexualidad. Nunca he mirado a nadie con la misma mentalidad con la que lo estoy haciendo ahora, y me sorprende lo excitada que me estoy poniendo.

Tomando un sorbo de mi copa, me está costando trabajo desviar la mirada. No sólo podía imaginarme teniendo sexo con él - lo cual ya era algo que no es típico de mí - sino que ya estaba fantaseando obsesivamente acerca de ello. El mero pensamiento de como me sentiría tocando su pecho está empezando a hacer que me sienta húmeda.

Estaba hecha para ello. He encontrado mi primera marca.

Una ventana de chat aparece con una palabra solitaria. *"Hola."*

Antes de que me diera cuenta, el vino es colocado sobre la mesa y mis dedos se están moviendo sobre el teclado con excitación enloquecida. Debo recordar mi tapadera y no ser arpía. Sería una completa lástima si éste se larga.

"¡Hola, guapo! Gracias por agregarme como amiga. Me está resultando imposible dejar de mirar tus fotos.

Eres increíblemente guapo..."

"Sí, claro. Apuesto a que no has visto nada más aparte de mi foto de perfil o no estarías diciendo eso."

"Oh, no, las he visto. Créeme, eres precioso. Todo entero."

Hay una pausa antes de que empiece a teclear de nuevo.

"Tu foto... ¿es realmente tú?"

"Sí. Para que lo sepas, llevo una máscara para no meterme en líos... ¿Por qué?"

"A pesar de eso, no esperaba ser piropeado por alguien como tú. Estoy medio esperando que resultes ser un tío..."

"De ningún modo. Voy a asumir que eso es bueno."
"Absolutamente."

Tras el inicial revuelo de palabras intercambiadas entre nosotros, de repente tengo problemas para pensar en qué decir.

"¿Has tenido muchas respuestas a ese anuncio?" Es lo mejor que se me ocurre.

"Sólo lo puse la semana pasada, pero no, realmente no. Quiero decir, ha habido un par de mensajes, pero nada serio. No sé lo que estaba esperando."

"No te lo tomes a mal, pero estoy aliviada de no tener competencia..."

Los latidos de mi corazón no muestran ningún signo de ir más lentos. En realidad, estaría bastante decepcionada si alguien más hubiera contactado con él antes que yo. No estoy segura de qué alimenta mi fascinación, pero pensar en ser la primera vez de alguien me consume. Nunca he tenido esa oportunidad; mi primera vez fue con un tío que ya tenía bastante experiencia. Y yo probablemente no habría sabido qué hacer de todos modos.

Pero habría sabido esta vez. Quiero enseñarle cosas que no ha experimentado antes. Con suerte la oportunidad será mía si todo sale bien.

"¿Llevas casada mucho tiempo?" Ha leído el perfil. Supongo que eso es una buena señal...

"Varios años." Sally me había aconsejado ceñirme a una historia lo más cercana a la realidad posible, así que iba a estar recreando mi falso matrimonio en la relación de casi cuatro años con Jeff.

"Espero que no pienses que soy una zorra por hablar contigo estando casada. Estoy bien con la forma en la que las cosas están entre nosotros, pero físicamente necesito más... He estado jugando con la idea durante un tiempo y finalmente me decidí a entrar aquí para experimentar un poco."

"En realidad, el hecho de que sea tan secreto y prohibido es... interesante. Me excita. ¿Él no sabe lo que te traes entre manos?"

"No. Esto es sólo para mí. Él no lo descubrirá porque su trabajo hace que esté mucho de viaje." Espero que podamos cambiar de tema pronto para no tener que necesitar recordar toneladas de historia falsa.

"Ya veo."

"Háblame de ti. ¿Qué estás buscando?"

"Supongo que lo mismo que los demás. No estar solo. A ver, tengo montones de amigos, incluyendo a chicas.

Pero de algún modo..."

"Ah, la temida zona de amigos. Puedo ver como eso puede llegar a ser frustrante."

"Sólo puedes oír *'No pienso en ti de ese modo'* un limitado número de veces antes de rendirte."

"Sí, es duro convertir la amistad en algo más, pero sucede. Me pasó a mí."

"No sé."

"El problema es que empiezas siendo demasiado familiar. No hay misterio."

"O, puesto que todas ellas acaban saliendo con atletas, simplemente no hay demanda para chicos como yo."

Me duele admitirlo, pero sé que tiene razón; al menos en lo que la sociedad como conjunto se refiere. Yo quiero decirle que eso sólo es cierto para chicas superficiales, pero eso sería ser hipócrita ya que yo también soy igualmente exigente. Aunque estoy honestamente atraída hacia él simplemente por lo que es, fue su cara la que me atrajo. Me vuelven absolutamente loca las caras bonitas, o eso he descubierto justo ahora. Si no hubiera tenido eso, ¿le habría dedicado una segunda mirada? Me gusta pensar que no habría habido ninguna diferencia, pero podría estar engañándome a mí misma.

"Tonterías. Todo depende de la actitud," escribo finalmente.

"Siempre he sido tímido. No estoy seguro de que pueda cambiar." Espero que pueda, por mi bien así como por el suyo.

"Ya veremos..."

"Oye, acabo de darme cuenta de que se suponía que

tenía que salir esta noche. Mis amigos estarán esperándome. Ha sido agradable hablar contigo. ¿Quizás podemos continuar pronto?"

¿Le he espantado? Ciertamente espero que no.

"Oh, claro. No dejes que te haga llegar tarde. Ya nos veremos."

"Hasta luego." Se desconecta inmediatamente.

Me quedo sola delante del ordenador, preguntándome si soy una pervertida por seguir volviendo a ver sus fotos mientras leo sus escritos en el blog. Desnuda su corazón, sus preocupaciones y miedos, así como obviamente se desnuda de sus ropas también. Está todo en la actitud, de eso estoy segura ahora. La mayoría de chicas no quieren una cita con una chico necesitado; no quieren recoger los pedazos tras años de rechazo y ponerlos de nuevo en su lugar, una y otra vez. Ellas pueden sentir la desesperación a millas de distancia.

Pero yo no estoy buscando una relación, sólo una experiencia. Y tampoco soy la mayoría de las chicas. De hecho, sí, me gustaría marcar una diferencia y enseñarle que puede inspirar tanta pasión en alguien como cualquier loco del gimnasio. Quiero convencerle de que es deseable, para que ambos podamos conseguir algo de este ligue. Habré conseguido a mi virgen. Con suerte adquirirá una nueva visión de su vida amorosa, o al menos aprenderá unos cuantos trucos en la cama para ayudarle con su autoestima.

Todo esto me parece una situación en la que todos ganamos. Sólo espero que él sienta lo mismo. Sólo un último vistazo a sus fotografías antes de irme a la cama.

Y otro. Le deseo, con todas mis fuerzas. Mi mano tiene vida propia y decido no preocuparme del hecho de que estoy actuando como una loca acosadora online.

Me llevo al orgasmo diestramente con mis dedos.

Fantasías de su carne desnuda presionada contra mí permanecen conmigo mucho después de mi orgasmo. Me pregunto si el pelo de su pecho me hará cosquillas. Estoy segura de que, aparte de eso, será muy suave por todas partes. Será un agradable cambio. Creo que prefiero un poco de relleno después de cuatro años de esquelético, huesudo Jeff.

A la mañana siguiente me despierto aún un poco aletargada por los excesos pasados. Demasiado vino. Soy un peso ligero. No tengo nada planeado para todo el fin de semana, así que lo primero que hago es hacerle caso a mi deseo interior y enciendo el ordenador. Seguramente él no habrá estado *tan* interesado, ¿verdad? Soy sólo yo la que está obsesionada.

Cuando me conecto, me recibe un mensaje. He estado recibiendo un montón de ellos últimamente de todo tipo de hombres que quieren ser mis amigos. Pero no esta vez. *Él* lo envió a eso de las 2 de la mañana.

Hola,

Siento haberme ido corriendo antes. Acabo de volver a casa, deseando que quizás tú también estuvieras levantada hasta tarde. Pido perdón si esto suena raro, pero he estado pensando en ti toda la noche. Quizás sólo estuvieras siendo amable, pero me está volviendo loco el saber que pudieras estar interesada de verdad. Es inesperado. Tu foto es muy hermosa. Ojalá pudiera ver el resto de

tu cara, pero aún así pareces estar fuera de mi alcance. De nuevo, lo siento si esto es inapropiado. Puede que haya bebido de más...
P.S. Gracias por los encantadores comentarios que has dejado.'

Estoy emocionada. No he malinterpretado nuestro chat. No le he espantado. Pero, ¿qué comentarios? Como ya he hecho muchas veces antes, abro su perfil e intento rastrear mis acciones obsesivas de la noche anterior.

Oh joder, ahí está. Un efusivo mensaje expandiéndose por múltiples párrafos justo debajo de una de sus más recientes entradas del blog. Escribí (una y otra vez) que es hermoso. Que si alguien se tomara el tiempo de realmente ver quien es, serían afortunadas de tenerle. *Y que quiero su virginidad servida en bandeja de plata.*

Vaya, sí que estaba borracha. Supongo que él también lo habrá estado, o si no todo esto podría haber resultado de manera diferente. Esto es vergonzoso, y aún así no puedo negar que aún siento lo mismo.

Antes de poder continuar analizándome o su mensaje, aparece en el chat. Maldición, ¿por dónde empiezo?

"Hola :)" empieza él.

"Oh, hola, ¿qué pasa?"

"No mucho. Me duele un poco la cabeza."

"Sí, me pasa lo mismo. ¿Qué estuviste haciendo anoche?" pregunto.

"Salí. Noche de micro abierto donde uno de mis amigos tocaba con su banda."

"Eso suena impresionante." Me pregunto si sería raro mencionar su mensaje o mis comentarios de borracha. ¿Debería disculparme de algún modo?

"Sí. Aunque me resultaba un poco difícil concentrarme..."

"¿Y eso por qué?" bromeé.

Hay una pequeña pausa antes de que conteste.

"Bueno, nuestra pequeña charla de antes me tuvo... distraído."

"Tengo que admitir que yo también he estado distraída... Tengo que preguntarlo, ¿qué esperas conseguir con todo esto del anuncio?"

"Umm, ¿honestamente? Quizás nada muy diferente a lo que tú pareces querer. Experiencias. Siento que debería... ya sabes... *haberlo hecho* ya. Si termino saliendo con alguien, ¿cómo demonios lo explico? Necesito saber qué hacer, ¿sabes lo que quiero decir?"

"Sí, experiencias suena genial. Entonces, en resumen, ¿estás buscando instrucción también?" pregunto.

"Supongo, sí. Sé que la mayoría de la gente estaría nerviosa la primera vez, pero quizás me he estado obsesionando demasiado con ello a lo largo de los años. Yo sería absolutamente un caso perdido."

"De algún modo, lo dudo. Iría totalmente bien." Sí, porque yo también estaría bastante jodidamente nerviosa.

"¿Estarías interesada en ello, con alguien que básicamente no tiene ni idea?"

"Creo que agradecería la oportunidad de sentirme sabia. Eso suena bastante estúpido ahora que lo he escrito..." Me siento estúpida también.

"Para nada."

Puedo ver que él teclea y se detiene varias veces, así que decido esperar y ver qué está intentando decir antes de responder. Tras un minuto, el siguiente mensaje aparece y casi hace que me atragante con mi propia saliva.

"¿Te gustaría quedar?"

Miro fijamente el texto en la pantalla durante un rato, mi corazón latiendo en mi garganta. *¡Sí, sí, claro que sí! Pero ni siquiera te conozco. Y si...*

Cuando coloco mis dedos sobre el teclado de nuevo, estos tiemblan visiblemente.

"Me gustaría, pero me asusta un poco. ¿Y si mi marido lo descubre?" Mi tapadera proporciona una excusa conveniente, pero en realidad estoy aterrorizada de que las cosas pudieran ir mal. De repente siento que tengo mucho que perder; que no puedo ser la seductora segura de sí misma que había fingido ser online, y que todo se derrumbaría si nos encontramos.

Casi de inmediato llega una respuesta.

"Lo sabía. No importa."

Espera, esto no es lo que quería. Necesito algún tipo de estímulo que me haga ver que todo iría bien; no necesito que se rinda.

"Eso no es lo que quería decir. Sólo soy un poco aprensiva. De repente todo deja de ser tan simple."

"No tienes que endulzarlo. Lo entiendo. No es la primera vez y ni siquiera sé por qué pensé que esta vez sería diferente. Olvídalo." Tan pronto como me llega el mensaje, se desconecta.

Oh joder, ahora la he hecho buena.

Me siento durante un rato, sintiéndome increíblemente desgarrada y disgustada. La parte sensata de mi cerebro me está diciendo que es lo mejor si esto no sigue adelante. Aún así me siento tan frustrada que podría alegremente tirar mi ordenador por la ventana. Estoy furiosa conmigo misma por dar marcha atrás como una cobarde, y la culpa me corroe por hacerle sentir que ha sido rechazado por mí. Así no es como había planeado celebrar mi soltería, ¿verdad? Ninguna de las cosas en la lista destacaba tanto como ésta y ya había fracasado en el primer intento.

No. No aceptaré el fracaso. Tras respirar hondo varias veces, abro su perfil y compongo un nuevo mensaje privado. Es hora de retomar el control de la situación.

'Sé como sonaron mis mensajes y lo siento, pero tus suposiciones son erróneas. Si estás libre el sábado, por favor hazme saber donde y cuando y allí estaré, teniendo en cuenta lo siguiente:

1. *No habrá obligaciones por parte de ninguno de los dos; podemos decir que no en cualquier momento si no nos apetece.*

2. *Simplemente no me acuesto con extraños, así que espero tener una cita primero. Reservaré una habitación de hotel para que tengamos un lugar relativamente neutral en el caso de que las cosas vayan bien.*

3. *Ve limpio y bien aseado. Espero que hagas el esfuerzo de verte bien para mí. (Para evitar cualquier confusión, me refiero a cosas de sentido común como darte una ducha, cortarte las uñas, y cepillarte los dientes. No hace falta que te preocupes por el vello corporal.)*

4. *Me gusta que los hombres tomen la iniciativa. Para ayudarte, recuerda que no realizaré NINGÚN contacto físico a menos que esté abierta a algo más.*

5. *Tú te encargas de llevar condones.'*

Enviar.

Un escalofrío me baja por la espalda cuando me doy cuenta que ahora no hay marcha atrás. Es hora de ponerme en acción y dejarme de palabrería. Le dije que le deseaba; es justo que se lo demuestre. Y para asegurarme de que no la fastidio, me mantendré alerta por si tengo mensajes pero me mantendré alejada del chat hasta que esto esté terminado.

Es domingo por la mañana y el chat y el resultante mensaje aún siguen en mi cabeza. Preocupada por si él no me tomara en serio, me da miedo comprobar mi bandeja de entrada donde espera su respuesta.

'Vaya, OK. Claramente he reaccionado mal. La conversación parecía ir yendo en la misma dirección que había visto demasiadas veces últimamente. ¡Qué vergüenza! Por favor, acepta mis disculpas. ¿Qué tal a las dos de la tarde en Cineworld? Maldición, ya estoy nervioso (¡aunque también excitado!). Espero que sea verdad lo que dices en tu perfil de que te gustan los chicos tímidos porque me temo que eso es exactamente lo que vas a conseguir... Y yo haré todo lo posible por seguir tus instrucciones, pero quizás tenga problemas con el punto número 4.'

Él no tiene ni idea de que yo voy a estar igualmente aterrorizada, lo cual es un poco dulce. Sólo puedo desear que sea tan fácil hablar con él en persona como online, y que las cosas progresen naturalmente sin demasiadas torpezas. En cualquier caso me complace que esté proponiendo encontrarnos en un cine. Si la conversación languidece, al menos tendremos una película de la que hablar.

Respondo directamente con un simple *'Te veo allí entonces x'* y me desconecto tras echarle otro vistazo a su página de perfil. Realmente es jodidamente guapo, no importa lo que otras chicas le hayan hecho creer. Lo último que veo antes de cerrar mi buscador es su más reciente actualización de estado: *'Cita el sábado. ¡Deseadme suerte!'* Mi corazón se acelera.

La semana pasa como en una bruma, aunque intento no obsesionarme demasiado. Ver a Sally en el trabajo ayuda, porque tengo la oportunidad de contarle todo lo que ha pasado hasta ahora y ella parece más excitada que yo. Este miedo es difícil de superar.

Ambas acordamos que lo que necesitamos es un poco de terapia de compras para calmarme. Tras exigir que él haga un esfuerzo por mí, me parece justo que yo haga lo mismo. Se necesita un nuevo vestido: ropa nueva para una nueva *yo*. Debo causar una buena impresión. No ocurre todos los días que una intente vivir una fantasía de casi toda una vida.

Capítulo Tres

Durante mi viaje en tren, sigo repasando diferentes potenciales resultados. ¿Y si es un desastre? ¿Qué le diré cuando nos encontremos? Estrecharle la mano sería un saludo raro, ¿verdad? Debería lanzarme a por un abrazo. ¿Pero y si no me gusta en persona? Mierda. Ni siquiera ha visto una foto mía en condiciones. *¿Y si no le gusto?* Llamaría a Sally para que me inyectara una muy necesaria inyección de confianza, pero como siempre, no tengo cobertura.

Creo que me apetece un cigarrillo, aún cuando no fumo, y sé que eso empeoraría las cosas. Maldición, si estoy así de asustada, cómo de asustado estará *él* ahora mismo. Estamos con seguridad condenados al fracaso si no consigo recuperar el control. Soy la que está al mando, me digo a mí misma. *Lo tengo controlado. Ugh.*

El hotel tiene el mismo aspecto que cualquier otro Etap que haya visitado antes, lo cual no es necesariamente algo malo. Al menos es impersonal y limpio, y no demasiado pequeño como para sentirnos demasiado observados.

El corto paseo hasta el cine me parece que dura una eternidad y aún así no es lo suficientemente largo. Llego cinco minutos tarde según mi reloj. Estúpido transporte público. Y por supuesto en mis esfuerzos por mantener las cosas simples y anónimas, no intercambiamos números de móvil y por lo tanto no puedo hacerle saber que llego tarde.

De repente me doy cuenta de que ni siquiera sabemos el nombre del otro. ¿Deberíamos?

Con piernas de gelatina, entro en la brillante entrada cubierta de cristal y le veo inmediatamente, de pie a un lado. Está mirando al suelo y no me ha visto, dándome la oportunidad de observarle primero. Vaya, realmente me gusta lo que veo.

Claramente ha estado prestando atención a mis instrucciones. Se ve genial. Una elegante camisa blanca, no demasiado formales pantalones oscuros. Es grande, sí, pero ya sabía eso y aún no entiendo por qué otros consideran que eso es un defecto; es diferente, pero no de mala manera. Adoro ese poco de vello facial y me complace que lo haya dejado como en las fotografías, cuidadosamente afeitado. Pelo despeinado a la moda completa su estilo. Sí, ésta es la apariencia del esfuerzo y le sienta maravillosamente.

Ya me estoy imaginando como se sentirá la tela de su camisa bajo mi tacto... *Joder*. Me está mirando fijamente.

Inmediatamente puedo sentir mi cara ardiendo mientras me apresuro hacia él, tarde y ahora siendo descubierta mirándole fijamente sin tapujos y sin ni siquiera tener la decencia de decir hola primero. Dios, esto es vergonzoso.

"Ah, hola." Me esfuerzo por enderezar mis hombros y mirarle, pero la urgencia de inspeccionar el suelo es casi imposible de resistir.

Me dedica una mirada extraña, vacía.

"¿Eres...?"

Simplemente asiento con la cabeza, obligándome a mirarle a los ojos por un momento. Tiene ojos verdosos, realmente bonitos.

"Siento... ya sabes..." Claramente mi vago gesto con la mano no está cumpliendo su trabajo de completar la disculpa por mí. "Llegar tarde, mirar fijamente como una maleducada, ese tipo de cosas."

No puedo saber qué está pensando y eso me está volviendo loca. ¿Cómo consigue la gente hacer esto sin volverse loca?

"OK... esto es raro," dice finalmente, quitándome las palabras de la boca.

Dejo escapar un suspiro en un intento por sonar agradable. Esto no se parece a mi plan de saludarle con un abrazo. Las cosas ya son lo suficientemente raras tal y como están.

"De todos modos, ¡te ves genial!" digo con una sonrisa.

Se encoge de hombros y de repente puedo detectar un destello de emoción en sus ojos cuando me mira. No es positivo. *Mierda, me odia.*

"Es un poco raro que digas eso ahora."

"¿Qué quieres decir?"

"Si no te hubiera visto, te habrías girado y te habrías marchado," dice.

Su interpretación de los acontecimientos es inesperada.

"¡De ningún modo! A ver, en serio, ¿eso es lo que piensas que ha pasado aquí?"

Coloco mi mano sobre su brazo y siento la intensidad de los latidos de mi corazón aumentar instantáneamente; una sensación que no se le escapa, porque se sacude ligeramente como si le hubiera dado una descarga eléctrica.

"Sólo estaba nerviosa, eso es todo," digo.

"¿*Tú* estás nerviosa?" pregunta. Asiento despacio en respuesta, sintiendo que mis labios se tensan y mis ojos se abren significativamente.

"OK, a la mierda. Empecemos de nuevo." Respiro hondo. "¡Hola! Siento mucho haber llegado tarde. Mi tren venía con retraso."

"Hola..." La sombra de una sonrisa juguetea en sus labios mientras me sigue el juego y alarga la mano como para saludarme.

Aún pensando que es una forma muy rara de empezar una cita, en vez de estrecharle la mano coloco ambas manos sobre sus hombros, me pongo de puntillas, y le doy un ligero beso en la mejilla. Estoy intoxicada. No creo haber sido de las que se desmayan antes, pero aquí estamos.

"Hueles genial," susurro antes de soltarle y dar un paso atrás hasta donde había empezado.

Tras varios segundos de sonreírnos tímidamente, se aclara la garganta y se saca dos entradas de cine del bolsillo de su pantalón.

"Creo que deberíamos ir arriba o empezarán sin nosotros," dice.

Es un alivio caminar hacia las escaleras mecánicas juntos, donde él le enseña nuestras entradas al encargado.

Me hace un gesto para que pase delante de él. No me había dado cuenta de lo mucho que me gustan los pequeños gestos como ése. A Jeff nunca le importó una mierda. *¡Tengo que dejar de pensar en Jeff!*

Apresurándonos hacia el piso correcto y encontrando nuestros asientos en la última fila del cine, de repente se gira hacia mí.

"Se me ha olvidado totalmente preguntar si te gustaría tomar algo. ¿Una bebida, un snack, algo?" Parece tan arrepentido que me hace reír.

"No te preocupes. Nunca voy al cine sin hacer preparativos antes," respondo, dándole una palmada a mi bolso. De hecho, tengo la necesidad compulsiva de tener chucherías en mi bolso cada vez que salgo de casa. No necesariamente termino comiéndolas, pero es agradable saber que están ahí.

Nos ponemos cómodos en nuestros asientos e inmediatamente las luces se apagan y la película empieza tras unos cuantos trailers obligados. No puedo saber si ha elegido una película de terror porque sospecha que me gustará, porque está intentando el clásico 'asustar a la chica para abrazarnos en la cita', o porque le gusta el género, pero probablemente lo voy a descubrir pronto.

Los créditos iniciales terminan y estamos sólo en la primera escena cuando recuerdo la única cosa que no me gusta sobre los cines. Siempre hace frío y mi falta de comodidad ciertamente no mejora con el vestido y los tacones que he elegido vestir hoy. En mis esfuerzos por impresionar, elijo un modelo no adecuado para el clima de finales de otoño. Mis manos, previamente sudorosas y frías por los nervios, están ahora prácticamente heladas, enviando escalofríos por mis brazos y espalda.

Frotando la piel de mis brazos a través de las delgadas mangas, intento desesperadamente luchar contra la aparición de piel de gallina sin atraer mucha atención sobre mí misma. Fracaso en todos mis intentos y él se inclina hacia mí, preguntando si tengo frío.

Oh Dios, me encanta su aroma aún cuando estar tan cerca de él está haciendo que mis escalofríos empeoren. Aún así, decido retirar el reposabrazos entre nosotros y esperar a ver qué hace. Ninguno de los dos está prestando mucha atención a la película, ignorando completamente los gritos ahogados que nuestros compañeros miembros del público lanzan cada vez que algo dudosamente aterrador sucede en la pantalla.

Sutilmente me acerco un poco más a él y él finalmente coloca su brazo sobre mis hombros. Él es agradablemente cálido y me siento excitada de sentirle junto a mí. Tengo que luchar contra el impulso de empezar a acurrucarme. Es demasiado pronto para eso, ¿verdad?

No mucho después, la proximidad física entre nosotros empieza a derretir todo tipo de preocupaciones y obstáculos. Haciendo nuestros mejores esfuerzos por mantener nuestras voces bajas, empezamos a comentar lo que está ocurriendo ante nosotros. La gran mayoría de comentarios no son elogiosos y me hacen reír por lo bajo hasta que un hombre de apariencia muy estricta unas cuantas filas delante de nosotros se gira en redondo y me manda a callar.

Presiono mis labios juntos en un intento desesperado por mantenerme callada y miro fijamente a... bueno, no sé su nombre. Él me dedica una mirada igualmente desamparada, lo cual casi hace que empiece a reírme a carcajadas. Por suerte consigo ahorrarnos la desaprobación y la vergüenza al cubrirme la boca con la mano y acurrucándome contra su pecho.

Algo cambia inmediatamente, en su respiración y en su lenguaje corporal. Está tenso, lo cual me afecta instantáneamente, haciendo que me olvide de por qué me había estado riendo, y me sirve de recordatorio de por qué estamos ambos aquí. Ya no me aterrador; al menos no para mí. La excitación está creciendo dentro de mí y me alegra reprimirme y ver si él se contagia de mi deseo.

Sintiendo sus cortas y rápidas respiraciones contra mi pelo, finjo ver la película otra vez y espero. Él no mueve ni un músculo. ¿Está preocupado de que me alejaré si se mueve, o le estoy haciendo sentirse incómodo? No estoy segura.

Minuto tras minuto pasa y nada sucede. Me muevo para situarme en una posición más cómoda, provocando que su mano se deslice desde mi hombro y roce mi lado. Se congela a mitad de una respiración y aunque en realidad quiero actuar, finjo no darme cuenta cuando rápidamente coloca su mano donde estaba antes.

Es obvio que mi cuerpo entero se ha dado cuenta, sin embargo; estoy bullendo por dentro y empiezo a sentir que una profunda y deliciosa calidez se desarrolla en mi bajo abdomen, junto con una definitiva humedad más abajo. Esto no me ha pasado nunca antes, no en la compañía de otra persona, y ciertamente nunca en público. Puedo contar cuantas veces me he excitado lo suficiente como para volverme húmeda, por otro lado; invariablemente sucede cuando estoy a solas con mis pensamientos y fantasías, pero ni una sola vez por causa de un hombre.

Obviamente he caído en la lujuria con él, desde el momento en que vi su foto, su perfil, sus mensajes. Todo lo que he aprendido sobre él ha aumentado esta sensación, y casi me hizo fastidiarlo todo porque me sentía tan rara que me descolocó.

Pero estoy en control ahora. He identificado lo que estoy sintiendo. Sé lo que tengo que hacer acerca de ello y gustosamente le contaré el secreto al final.

Con un gesto que parece distraído, alargo mi mano y tomo la suya, que ha estado descansando sobre mi hombro. Sus dedos se entrelazan entre los míos, calor viajando por su piel hacia la mía para llevar mi excitación a otro nivel. Siento que mi propia respiración se vuelve errática y vuelvo a esperar.

Suavemente al principio, me aprieta la mano y yo respondo acurrucándome contra él aún más. Estoy preparada para perder la paciencia cuando siento su otra mano acariciando mi pelo. Cierro los ojos y levanto la cabeza tras tomarme unos segundos para disfrutar del momento.

Mirándole, a pesar de la tenue luz del cine, aún siento que me recorre una descarga cuando nuestros ojos se encuentran. Me pasa los dedos por el pelo otra vez. Esperando que esto esté yendo en la dirección que yo quiero, miro sus labios tan tentadores. Quiero saborearle, aquí mismo e inmediatamente.

Su mano envuelve mi mejilla, pero continúa simplemente mirándome como si estuviera pidiendo permiso. Ansiosa e impaciente, por supuesto me precipito y me acerco a él, plantando un suave beso en sus labios. Siento su aliento contra mí, sus brazos acercándome más a él.

Él me devuelve el beso. Es un poco raro al principio, pero luego nuestros labios, lenguas, nuestros cuerpos parecen estar en sintonía. Cada centímetro de mi cuerpo parece cantar de excitación. Mis ojos se abren de golpe y descubro que me está mirando fijamente, sonriendo como yo.

Le rodeo el cuello con mis brazos, mi mano acariciando su pelo ahora. Es difícil no dejarme llevar; después de todo, un cine no proporciona demasiada intimidad. Pero supongo que no hace daño darme el gusto de seguir mis impulsos sólo un poco.

Recorriendo mis dedos sobre su camiseta, disfruto de la silueta de lo que sé que hay debajo. El misterio está sobrevalorado. He pasado demasiado tiempo mirando... no, estudiando sus fotografías de desnudos para saber lo que me espera y, francamente, es reafirmante al mismo tiempo que excitante.

Sin embargo, él no tiene esa ventaja. Hasta hoy sólo ha visto la parte inferior de mi cara y mis ojos, y eso en blanco y negro en vez de en color. Le beso con más energía, con más pasión, y siento que un gemido viaja a través de mis labios. ¿Ha sido mío o suyo? ¿Importa acaso?

De repente me doy cuenta de que miradas furiosas nos están taladrando. Hago una pausa, me muerdo el labio inferior, e intento hacerle una señal para que se dé cuenta del gruñón hombre delante de nosotros. Él continúa sosteniéndome, sonriéndome hasta que decido girarme y usarle como respaldo, su brazo cruzado sobre mi pecho en una posición similar a cuando te pones el cinturón de seguridad en un coche.

Parece estar disfrutando esta dinámica cambiada tanto como yo, porque empieza a acariciarme con la nariz en el cuello, donde se me ponen de punta todos los pelos de la nuca. Su mano, dedos suaves y cuidadosos, recorriendo arriba y abajo el tejido de mi vestido, justo donde mis costillas terminan y la parte blanda de mi cintura empieza. Es hermoso el lento progreso que estamos haciendo hacia lo inevitable.

La película, aunque es un poco gore y terrorífica, pasa rápidamente y prácticamente ignorada. Su cara permanece cómodamente descansando sobre el hueco de mi cuello y yo estoy colgada de su brazo, mi mano viajando manga arriba lo suficiente para sostenerle. No debería haber confusión con que le quiero aquí, así de cerca e incluso más cerca de mí.

Su confianza crece y me envuelve con su otro brazo también, acariciando mi brazo que aún está bastante frío en el antinatural frío aire del cine. Para cuando empiezan los créditos, no puedo esperar a salir, lejos del hombre gruñón que interrumpió nuestros primeros tentadores besos.

"Creo que quiero ir..." digo.

Él se incorpora, soltándome mientras me giro hacia él.

"Pensé que iba todo bien..." dice él, su mirada deteniéndose en mis labios sólo un instante.

"Oh, sí. Me refiero a nosotros dos... en algún sitio más privado... si quieres." Le sonrío. "¿No estarías pensando que quería irme, verdad? No, para nada."

Se levanta y me ofrece su brazo, alivio evidente en su cara cuando me devuelve la sonrisa.

"Como desees, mi señora. Guíame."

Mi cara está ardiendo otra vez; el pensamiento de lo que está por venir es a la vez aterrador y aún así increíblemente excitante. Puedo sentir mi corazón latiendo como loco. Temo que si no me estuviera sosteniendo, tendría que sentarme para recuperar el aliento.

Está callado mientras bajamos las escaleras y salimos del cine. Me pregunto si esto va demasiado rápido para él, pero nuestras interacciones anteriores no me hicieron pensar que es del tipo paciente.

La brillante luz del sol me hace entrecerrar los ojos y de algún modo consigue empeorar la piel de gallina por todo mi cuerpo. Le dirijo hacia el hotel y la velocidad de nuestros pasos se intensifica cuanto más cerca del hotel estamos. Ninguno de los dos parece querer retrasar más las cosas.

Capítulo Cuatro

Cerrando la puerta detrás de mí, me giro para mirarle. Parece perdido, de pie en medio de la habitación, mirando la cama por un momento, pero no haciendo ningún movimiento para alejarse o aproximarse a ella.

"¿Sabes por qué decidí encontrarme contigo?" pregunto.

"¿Porque yo lo sugerí?" Se encoge de hombros y se mete las manos en los bolsillos. Sus ojos están fijos en el suelo.

"¿Piensas que estoy haciendo esto como un favor hacia ti? ¿Qué me hiciste sentir culpable y por eso lo hago?" Siento que mi confianza crece en este papel recién descubierto.

Él asiente en silencio.

"Bien, pues te equivocas," digo, recibiendo su expresión confusa con una sonrisa sutil. "No soy una organización benéfica y estoy aquí porque quiero estar, porque sabía que disfrutaría de esto."

Parpadea varias veces, frunciendo el ceño ligeramente, y rehusando aún mirarme a los ojos.

"Escribiste que querías experiencia, aprender, lo cual significa que yo tendría que guiarte. ¿Es eso aún lo que quieres?" Doy un paso hacia él y coloco mi mano sobre su mejilla para guiar su cara hacia arriba hasta que me está mirando directamente.

Está claramente mucho más que nervioso. Sólo quiero abrazarlo, hacerle saber de algún modo que todo irá bien, pero eso sólo daría la impresión de que le estoy tratando con condescendencia.

"Sí." Su voz es apenas audible.

"Bien, entonces. Prometo que sólo haré eso si no estás seguro. Nunca te juzgaré o me reiré de ti. Entiende que me complacerá verte tener éxito, no fracasar... ¿Confías en mí?"

Asiente.

"Ponte derecho," susurro y coloco mi mano sobre su hombro, "e intenta mirarme mientras hablamos. Te ayudará en el futuro si te acostumbras a esto."

Cuando sus ojos se encuentran con los míos, siento que mi corazón salta.

"Tú no eres el único que está nervioso..."

Intenta echar los hombros hacia atrás, alzando su altura unos centímetros, y me mira por un segundo antes de dejar que su mirada se pierda en la distancia.

"Podrías haberme engañado," dice él.

"Exacto. El lenguaje corporal puede fingirse." Dejo que mis dedos recorran un lado de su cara, bajando por su cuello, y se detienen sobre su hombro.

Sus ojos son atraídos hacia mi pecho, pezones visiblemente duros debajo de mi vestido, y luego suben para centrarse en mis labios. Se inclina hacia delante, dudando ligeramente antes de que yo responda colocando ambos brazos alrededor de su cuello. Nuestros labios se rozan, el suave cosquilleo de su aliento me deja indefensa en sus brazos y me dejo llevar por los besos que le siguen.

"Besas muy bien; con fuerza pero no demasiado brusco. Me gusta eso," susurro.

Me sorprende lo mucho que me gusta. De hecho, no quiero dejarle ir... *¡No!* Debería detener esos pensamientos antes de que se instalen.

Sus manos exploran el hueco al final de mi espalda, los músculos que recorren mi columna vertebral. Me agarro a él, animándole con más besos y suaves mordiscos, dejando que mis dedos recorran su pelo. Aunque ni siquiera sabía de su existencia hasta hacía una semana, me siento como si hubiera tenido que esperar siglos a que llegara este momento y lo que aún estaba por llegar.

Él se presiona más contra mí. Cálida, gloriosa piel escondida bajo esa camisa. No estoy segura de lo que me está poseyendo, pero no puedo evitar querer demandar más. Debo hacer que se de cuenta de que está aquí para mi placer. Esto no es un polvo de compasión.

"Quítatela," digo, tirando de una esquina de su camisa.

Él da un paso atrás, claramente en conflicto entre obedecerme o seguir sus instintos, que parecían estar medio conducidos por el miedo. Por un momento no sé si debo repetir mi orden, pero eso resulta ser innecesario.

Despacio, empieza a desabrocharse y, mientras observo, me preocupa que mi creciente impaciencia va a hacer que me explote el pecho. *Respira hondo, serénate.* Más de su cuerpo sale a la luz cuando se deshace de la camisa, luego de su camiseta también. Estoy empezando a darme cuenta de lo afortunada que soy.

"Y eso." Señalo sus pantalones, totalmente consciente de lo aterradora que la situación debe ser. Su blog ya había revelado lo mucho que se protege: no le gustan las excursiones a la playa y soy la primera en años en verle sin camisa desde tan cerca.

Mientras se pelea con su cinturón, me doy cuenta de que sus manos están temblando.

"¿Recuerdas lo que dije antes?" Me esfuerzo por hablar con voz calmada y reconfortante, a pesar de sentirme completamente al borde del ataque de pánico yo también. "Te deseo. Es obvio que tus fotos no te hicieron justicia."

Él se traga cualquier resto de reticencia y se desnuda completamente antes de dedicarme una mirada avergonzada.

"No tienes que mentir, ¿sabes?"

"No soy lo suficientemente amable como para mentir sobre esto. Ponte derecho." Le dedico una mirada estricta y él obedece inmediatamente.

Cuando empiezo a acariciar su pecho, él hace lo que puede para mantenerse quieto y mete tripa, lo cual es innecesario así como inútil. Tiene bastante pelo, no como Jeff, que casi parecía un niño en apariencia. Es un poco suave, liso e irresistible; ya me encanta. Sus pezones se endurecen bajo mi tacto, pero en realidad estoy bajo su hechizo, no al revés.

Sabiendo que muchas mujeres hoy en día prefieren el look depilado, yo mencioné especialmente vello corporal en mi email. Mis esperanzas de conseguirle al natural han sido respondidas hoy de manera hermosa.

Mis dedos viajan hacia el sur, siguiendo el mismo camino que algunas de las estrías a un lado de su vientre. Una rápida mirada hacia arriba revela que, aunque se ha mantenido erguido, sus ojos ahora están cerrados. Aprovecho la oportunidad para inclinarme, besando y succionando su piel en mi camino. Deja escapar un jadeo y me agarra el pelo.

"¿Te estoy haciendo cosquillas?" pregunto, mirando hacia arriba desde su pezón derecho.

Sacude la cabeza pero no me suelta.

"¿Quieres que pare?"

Me mira desesperado, haciendo que le desee aún más.

"¿Por qué estás haciendo esto?" pregunta finalmente.

"Porque tu cuerpo me está suplicando que lo toque. ¿No te gusta?" digo.

Suelta mi pelo un poco y se encoge de hombros. Su polla es un indicador más fiable, ya que parece no estar afectada por la torpeza y se está endureciendo sin ninguna estimulación directa.

"No lo sé. No estaba esperando... esto."

"¿Aún quieres complacerme?"

Asiente y me levanto, mirándole a la cara durante un segundo antes de girarme y presentarle la cremallera trasera de mi vestido.

"Bájala," digo.

El tejido se suelta a mi alrededor y me lo sacudo de encima. Espero una reacción, mirando hacia atrás sólo un momento, y encontrándole bastante preocupado e incapaz de decidir qué hacer.

"¿Te gusta lo que ves?" me giro en redondo una vez

más.

Asiente.

"¿Por qué?"

"Eres... dios mío, eres preciosa."

Rápidamente me quito el sujetador y las bragas, dejándolos en el suelo junto a nosotros. Él está respirando pesadamente y sus ojos parecen velados, febriles. Estar desnuda delante de él resulta ser más fácil de lo esperado.

"Quiero que me enseñes," digo mientras me paso los dedos por mis pezones, saboreando los escalofríos que ese gesto envía por toda mi espalda.

Entonces alargo mi mano y cojo la suya, colocándola en el hueco de mi cintura. Inclinándome en busca de más besos, él hace lo mismo con ganas y sólo se detiene cuando le interrumpo.

"Sigue tocando, acariciando. Y a la mayoría de las chicas nos encanta que nos besen en el cuello, a algunas les gusta de manera brusca, y a otras les gusta más suavemente, así que experimenta un poco." Inmediatamente lo hace y tengo que usar todo mi autocontrol para no lanzarle sobre la cama y saltar sobre él.

"Ohh..." Mis dedos se cerraron y clavaron en su hombro mientras él succionaba mi cuello y finalmente dejaba que sus manos recorrieran libremente mi espalda.

Durante nuestros besos previos, él había torcido su cuello hacia delante, intentando mantener un poco de distancia entre nosotros. Tanto si es por mis desesperados intentos de acercarme más a él agarrándome a su espalda, o por el conocimiento de que realmente me está excitando, ya no se muestra reticente. Me pregunto si debo poner en su conocimiento lo increíble que es sentirle contra mí o si eso hará que las cosas parezcan raras otra vez.

Decido simplemente demostrárselo tocando, explorando el contorno de sus hombros y la curvatura de su espalda hacia abajo. Sus labios se detienen cuando llego a su trasero, y el resultante gemido me hace cosquillas en el cuello. Él está tan preparado como yo; más juegos preliminares me parece innecesario.

"¿Dónde están los condones?" Le mordisqueo la oreja mientras alargo mi mano hacia él y

rodeo suavemente su impresionante contorno. Se encoge ligeramente, pero no se retira.

Tras recuperar el aliento, él se retiró y empezó a rebuscar entre su pila de ropa, encontrando media docena de condones en el bolsillo de su pantalón. Sentándose en la cama, se esfuerza por abrir el primero, los nervios haciendo que sus movimientos sean torpes. Durante unos minutos consigo reunir un poco de paciencia, mirándole sin interferir.

Es resbaladizo, incontrolable, y se está alterando más y más cada segundo. Arrodillándome delante de él, cojo el condón. Respondo a su expresión de disculpa con una sonrisa.

"Deberías practicar esto tú mismo más adelante," digo mientras me doy prisa en ponérselo.

Su intensa concentración vuelve y parece que no puede retirar la vista de mi pecho. Pero no puedo soportar más retrasos y le dirijo hasta tumbarle sobre la cama, antes de sentarme a horcajadas sobre él.

"No puedo creer que esto vaya a pasar de verdad," dice.

Le beso profundamente, guío su mano sobre mi pecho, y oigo su aguda aspiración cuando le vuelvo a tocar la polla. Es tan sensible, tan nervioso. Le mantengo en el sitio y voy bajando mi cuerpo poco a poco. Sus ojos se cierran. Dios mío, qué hermoso es. Todo en él es perfecto.

Su mano me aprieta gentilmente al principio, pero sufre espasmos erráticamente cuando me empiezo a mover. Le falta el aliento, mirándome con ojos embriagados. Apoyo mi mano en el centro de su maravillosamente peludo pecho. Me lo he estado perdiendo. De ahora en adelante, prefiero hombres que sean un poco peludos.

Estoy empapada, incapaz de sentir mucha fricción. Incremento mis movimientos gradualmente pero no alcanzo el ritmo deseado. Él gime, se congela y hunde sus dedos casi dolorosamente en mis muslos. Se estremece y aprieta los dientes. *Ha sido rápido.*

Inclinándome hacia abajo, le beso en todas las partes que alcanzo. Su piel está ardiendo, ligeramente húmeda con sudor, pero no de manera desagradable.

"Lo siento mucho," dice entre jadeos.

"No lo sientas."

Aún me muero por sentir más, y sé que lo conseguiré. Conseguiré todo lo que quiero hoy, porque no tengo intención de dejarle marchar hasta que lo consiga.

Levantándome de él, me tumbo a su lado y observo como intenta quitarse la goma. Se le ha puesto blanda, pero no del todo. La vergüenza está escrita en todo su cuerpo: en su cara, en sus hombros derrotados mientras se sienta allí, dándome la espalda, intentando limpiarse.

Me llama la atención lo ancho y masculino que se ve desde atrás, pero estar encorvado no le sienta bien. Pongo una mano sobre su hombro, tirando de él hacia atrás, e invitándole a unirse a mí bajo las sábanas. Evitando mirarme a los ojos, duda al principio pero pronto se da cuenta de lo mucho que me muero por que me toque. Esto aún no ha acabado.

"Estás húmeda," se da cuenta cuando su mano se coloca entre mis piernas por primera vez. "Tan suave."

Yo gimo, disfrutando de la vacilante exploración de sus dedos. Se apoya sobre su codo y mira fijamente. Mi pecho sube y baja rápidamente, estimulado por cada toque de sus dedos. Es cuidadoso, gentil, ganando concentración.

Retorciéndome contra las sábanas, saboreo el momento. Demasiada tensión acumulada dentro de mí, deseando escapar. Lo que más deseo es que él me complete.

Poniéndose a cuatro patas junto a mí, esparce suaves besos por mi pecho. Recibo cada uno de ellos con un jadeo antes de contener el aliento.

"¿Te gusta?" pregunta, espero que retóricamente.

No puedo formar las palabras para responder. En vez de eso, sujeto su muñeca con fuerza, obligándole a toquetearme de nuevo con sus dedos. Él tiene otras ideas, dejando que sus labios viajen por mi piel. Su perilla me hace cosquillas, empeorando mi impaciencia.

Hay una pausa cuando termina de besarme alrededor de mi ombligo. Estoy a punto de perder la cabeza.

"¿Puedo...?" se está apoyando sobre sus codos para permitir que sus manos sujeten mis caderas.

Me incorporo desde la almohada para encontrarme con su mirada incierta.

"Si me estás preguntando lo que creo que estás preguntando..." asiento hacia abajo y sonrío antes de continuar. "¡Sí, por supuesto!"

En el momento en que se inclina hacia abajo para seguir besándome, me dejo caer hacia atrás otra vez. Sus manos han encontrado el interior de mis muslos, acariciando mi piel. Su lengua, tímida al principio, debe haber decidido que le gusta el sabor de mi excitación.

Cálidos y húmedos labios se cierran alrededor de mi clítoris mientras la punta de su lengua expandía el fuego dentro de mis pliegues.

"Oh dios," jadeo.

"Sí, justo ahí. Mira a ver si puedes ir más adentro..." Me apoyo sobre mis codos, demasiado inquieta como para simplemente estar de sumisa.

Sus manos me agarran con más fuerza y lo que se suponía iba a ser una rápida mirada hacia abajo, hacia él, se convierte en una mirada fija. Frente suave y relajada. Ojos casi cerrados hasta que me pilla mirando.

Aún cuando pudiera hacerlo, no hace falta hablar; sus ojos hablan por él. Dicen que esto es tan placentero para él como para mí. Que mi placer lo significa todo ahora mismo. Hemos roto el hielo y, con él, algunas de sus preocupaciones anteriores.

Encuentra mi clítoris otra vez, pasando su lengua sobre él con un movimiento circular. Me da tanto placer, aliviando el dolor que sentí desde nuestro primer beso.

"¡Dios, eres genial!" digo, finalmente dejándome caer de nuevo sobre la almohada.

Arrodillándose entre mis piernas, deja que sus dedos se paseen por mi resbaladizo chocho. Cada parte de mí es tocada mientras él estudia mi reacción en un intento de aprender a leerme.

Eso no es difícil, considerando la reacción casi violenta que me provoca cuando desliza primero uno y luego dos dedos dentro de mí. Es genial, pero no es bastante para lo que quiero conseguir.

De nuevo apoyada sobre mis codos, me permito la oportunidad de observarle exactamente como ya lo había hecho cuando él era tan sólo una foto en una pantalla de ordenador. Entre sus muslos, puedo ver que su anterior orgasmo no le ha afectado demasiado. Erecto, sin duda tan anhelante como yo, le quiero dentro de mí otra vez. Y esta vez no debería terminar tan pronto.

"¿Otro condón?" suspiro.

Deja de hacer lo que está haciendo y mira hacia arriba. Sus ojos penetran hasta mi alma y hacen que todo mi ser vibre con una mayor tensión. No puedo explicar por qué, pero de algún modo sé que él lo siente también.

"¿No lo estoy haciendo bien?" pregunta. Su incertidumbre a pesar de todo lo que está delante de él me hace sonreír.

"Eres perfecto, sólo que estás demasiado lejos."

Lo entiende. Otro incómodo envoltorio, otra lucha con una goma resbaladiza. Pero está más centrado ahora y no necesito intervenir.

A cuatro patas por encima de mí, lo que más puedo ver es su cara porque mis ojos evitan mirar a otro lado. Mis manos, igualmente centradas, están de nuevo sobre su pecho. Cálido, invitándome, irresistible. Al igual que el resto de él.

Hace una pausa y me doy cuenta de que necesitará algo de consejo para hacer que esto funcione. Al guiarle hacia mi entrada, mi mano amenaza con quedarse atrapada cuando él baja dentro de mí.

Esto sienta bien, como había esperado.

Sus brazos me rodean, manos sujetándome bajo mis hombros. Empieza a moverse, despacio al principio. Cuando presiona hacia abajo, me siento en el cielo. Mis manos se agarran con fuerza, clavándose en sus costados. Hay tanto que tocar, tanto que sentir. Estaba hecho para este momento conmigo. No cambiaría nada.

Se detiene por un momento y ambos estamos inmóviles, excepto por nuestros labios y lenguas, que se funden con una necesidad que nunca había sentido antes. ¿Me estoy contagiando de sus sentimientos? Aunque he tenido sexo en numerosas ocasiones, ¿es mejor porque sé que para él esto ha sido algo tan largamente deseado que está desbordante de deseos con los que ponerse al día? El momento es tan intenso que no sé como reaccionar.

Él empieza a moverse otra vez, intentando averiguar el mejor modo de hacerlo.

"¿Rápido o despacio?" Su voz suena tan tensa que siento la necesidad de abrazarle y acariciarle la espalda.

"Haz lo que te parezca. Tú sabrás lo que es lo correcto."

Y lo hace, acelerando un poco y teniendo cuidado de intentar penetrar más profundamente. Mi interior está ardiendo, una cierta dulzura extendiéndose por mi cuerpo y reuniéndose alrededor de mi hueso pélvico. Como sirope, la sensación va en aumento, se reúne, amenaza con explotar hasta que me hace gritar.

"Rápidoooo..." No puedo hablar más, así que le araño.

Hace lo mejor que puede por responder y en cuestión de un momento toda la energía acumulada en mi interior explota. Intento no clavarle mis dedos, no lastimarle. Casi fracaso.

Creía haber tenido orgasmos con anterioridad: con Jeff, conmigo misma, con mis dedos o un vibrador. Todas esas memorias palidecen en comparación con lo que aún estoy sintiendo en este momento.

Haciendo una pausa con su frente contra la mía, sus cortos jadeos cosquillean mi cara. Ambos estamos resbaladizos por el sudor, suyo y mío, indistinguible uno del otro. Y extrañamente ni siquiera me importa. Y él aún la tiene dura. Eso tampoco me importa.

Retomando el ritmo, intenta ocultar que se está cansando. Sólo puedo imaginarme lo bueno que llegará a ser con un poco de más práctica. No es que me esté quejando.

Su sólida largura aún me llena completamente y continúa tocando ese punto especial que nadie antes ha alcanzado así. ¿Puede que sea eso? ¿O es que me había sentido más excitada que con ningún otro hombre en toda mi vida?

"Ha sido el mejor polvo," digo justo antes de besarle y morderle suavemente en el cuello.

Gime en respuesta y acelera con energías renovadas.

"Nunca me he corrido tanto." Esta segunda frase provoca una respuesta aún mejor. ¿Quién dice que la adulación no funciona? Especialmente cuando es verdad.

Moviendo mis caderas al ritmo de sus embites, me muevo ligeramente hasta que mis pies se afirman sobre el colchón junto a sus rodillas. Él está a punto de correrse y sigue un ritmo intenso que intento emular. Más rápido, más salvaje, y más errático que antes.

Los labios se encuentran en besos chapuceros, hasta que cierra los ojos y se estremece hasta quedarse quieto. Si su expresión es algo de lo que me tenga que fiar, está disfrutando de su orgasmo tanto como yo lo hice con el mío antes. Y su voz... primitiva, desprovista de timidez o duda.

No nos movemos durante un rato, no estoy segura de cuanto tiempo. Pero me siento bien. Cuando él recupera el aliento, se apoya sobre sus codos y me sonríe. Es contagiosa.

"Me muero de hambre. Quítate de encima," bromeo.

✳✳✳

Ninguno de los dos desea desperdiciar más tiempo del necesario, haciendo del lugar de comida rápida enfrente del hotel el destino perfecto para la cena. Es uno de esos establecimientos brillantemente iluminados y poco románticos que sirve 'fish and chips' al igual que una pizza asquerosa y una carne misteriosa presentada como kebab de cordero.

No necesitamos esperar mucho por nuestra comida.

"Nos están mirando," dice dejando su hamburguesa.

"¿Ah sí?"

Termino de masticar mi trozo de pizza y me levanto de mi lado de la mesa para unirme a él. De hecho, el grupo de chicos adolescentes que son los únicos que están aquí tan temprano esta noche parecen inusualmente interesados en nosotros. Miradas alternas con susurros y risas.

Él se hace a un lado para dejarme sitio en el banco, aún muy preocupado por nuestros observadores. Pero no por mucho tiempo.

Cuando le cojo la cara y voy a darle un beso, se oyen vítores desde el grupo de chicos detrás de mí.

"Ellos no importan," susurro. "Esto sí."

Su cara está en proceso de volverse roja, y sus pupilas se dilatan. Casi se me ocurre sentarme a horcajadas sobre él allí mismo en el banco para una larga sesión de besos y magreo, pero me preocupa el estado en el que estaremos cuando vayamos de vuelta al hotel.

Él se inclina hacia delante, sus labios buscándome otra vez. No me puedo resistir y me agarro a él. Cuando nuestras lenguas terminan su febril danza, me retiro ligeramente y le miro a los ojos. *Me gustas. Mucho más de lo que debería.*

Nos damos prisa en terminarnos nuestras sobras,

sabiendo exactamente donde preferiríamos estar. Tras levantarnos y dirigirnos hacia la puerta, su mano culebrea por mi espalda hasta descansar sobre mi trasero. Me ha reclamado como suya delante de la audiencia sobrehormonada que ahora están hablando entre sí con voces susurradas.

Aún mirando fijamente, pero no para burlarse. Ellos desearían ser los que pudieran follar esta noche.

Miro a mi derecha para encontrarle con una pequeña sonrisa formándose en sus labios. *Misión cumplida.*

✳✳✳

De vuelta en nuestra habitación, nos acurrucamos en la cama. Descanso mi cabeza sobre su regazo, intentando sin conseguirlo espabilarme de la modorra que la cena me ha provocado.

"Dime, si me hubieras conocido por primera vez por ahí en algún sitio..." empieza, "como si no hubiéramos hablado por internet. ¿Te habrías fijado en mí siquiera?"

Sus ojos me llenan con todo tipo de sentimientos y no puedo encontrar las ganas de identificarlos. Le miro, considerando cuidadosamente la pregunta mientras estudio abiertamente su preciosa cara.

"Honestamente..." hago otra pausa, distraída por sus labios que sé tienen mucho talento. "Sí. Hay algo en ti que me llamó la atención simplemente al ver tu foto de perfil. Antes de saber nada sobre ti, despertaste algo en mí. ¿Te habrías fijado tú?"

Una sonrisa fugaz más tarde, parece que quiere mirar a todas partes menos a mi cara.

"Por supuesto, pero nunca me habría acercado a ti."

"¿Por qué no?" Mi pregunta le hace mirarme momentáneamente a los ojos y suspirar.

"Demasiado tímido." Se encoge de hombros. "No habría esperado que estuvieras interesada en mí de todos modos, así que por qué molestarse..."

"Apuesto a que ha habido chicas a las que les habría encantado que hablaras con ellas, pero que eran igualmente tímidas."

Él lanza una risotada y enreda sus dedos en mi pelo.

"¿Por qué no vienen las mujeres con letreros de neón en la frente, diciéndonos a los tíos lo que necesitamos saber?"

"El objetivo es que se supone que tienes que arriesgarte. Eso es lo que lo hace valioso. Si todo fuera algo seguro de antemano, no significaría nada," digo.

Me coge una mano y la besa ligeramente.

"Vale. Digamos que no me conoces, pero te he estado mirando desde el otro lado de la sala, de forma bastante similar a como te estoy mirando ahora. Nuestros ojos se encuentran y retiro mi mirada un momento antes de continuar mirando fijamente. ¿Qué harías?" pregunto.

"Supongo que iría y hablaría contigo."

"Digamos que estoy con unas amigas, y sería embarazoso si saliera mal. ¿Cómo comprobarías desde la distancia si realmente estoy interesada?"

"No sé. Quizás te sonreiría para ver lo que haces a continuación," especula.

Bien. Estamos llegando a alguna parte.

"Yo te sonreiría porque ya me gustas. ¿Y entonces?"

"¿Me acerco?"

Asiento.

"Tendría que decir algo..." dice.

"La honestidad es lo mejor, a menos que sea maleducado."

"En ese caso, tendría que decirte..." Juega con un mechón de mi pelo, pensando.

"Que de pie al otro lado de la sala, pensaba que eras la chica más hermosa que jamás había visto." Finalmente, hace contacto visual nuevamente y estoy perdida. Mi corazón late con fuerza, mi respiración se ha vuelto loca... "Y que aún así eso no me preparó para sentirme tan perdido como ahora, mirándote a los ojos desde tan cerca. Que si ahora mismo me pidieras algo, el rechazo no sería una opción."

No soy de las que se desmayan, y seguramente esto es sólo una actuación, pero sus palabras me afectaron más de lo que me había afectado todo lo que había sucedido hasta entonces. Mariposas, fuegos artificiales, todo el lote. ¿Seguro que sólo nos estamos dejando llevar por el momento?

"Asumiendo que eso totalmente me dejó descolocada, te dejo que me invites a una o dos copas, nos dirigimos a tu casa o a la mía, y es el momento de dar el paso..." Me levanto y me siento derecha junto a él.

"Esto nunca se reproduciría del mismo modo," dice, "pero..."

Se inclina, pasando sus dedos por mi mejilla y dejando que su mirada se detenga en mis labios. Me llega su aroma, dulce y tentador, e instintivamente me acerco más.

"Sí que lo haría, porque yo querría lo mismo," digo.

En el momento en que nuestros labios se tocan, se siente lo mismo, y aún así algo ha cambiado entre nosotros. La misma pasión, el deseo, pero hemos llegado a un nuevo nivel de comodidad. Todo esto ya no es extraño y tenso. Ahora sucede sin esfuerzo.

Empiezo a desabrochar su camisa, sólo deteniéndome para permitirle acceso a la cremallera en mi espalda. Nos estamos desenvolviendo el uno al otro como si fuéramos regalos. Un regalo muy deseado, aún cuando ya sabemos lo que hay dentro.

Una vez más se me ha permitido el acceso a su gloriosa y cálida piel, y me siento como en casa. Le tumbo sobre la cama antes de que pueda discutir, pero y por qué iba a hacerlo. Mis dedos se mueven rápidamente para desabrochar su cinturón y pantalón, tirando de él juguetonamente hasta que me deja que se los quite.

Mientras tanto, mi vestido se ha deslizado por mis hombros, así que me lo quito por completo.

Se incorpora, pero no le dejo moverse. Arrodillándome junto a él, experimento: besando, chupando, y sorbiendo. Le gusta que juegue con sus pezones, por supuesto.

Su vigor me impresiona; a pesar de dos orgasmos previos, ya está creciendo otra vez. Cierro mis dedos alrededor de su verga, y se le endurece más inmediatamente. Mis labios rodean la punta de su hermosa polla y tomo lo más que puedo de su largura. Sabe a condón, pero estoy segura de que eso pasará.

Jadeando pesadamente, ya no intenta moverse. De

hecho, está tan erecto como nunca antes tras sólo unos intentos de chupársela profundamente. Dejo que mi lengua juguetee con la punta, limpiando el ligeramente salado presemen que ha aparecido.

Gime, intenta agarrar la sábana a su lado, pero es demasiado suave. Una de sus manos encuentra mi pelo, pero eso no interfiere con lo que estoy haciendo.

Mientras tanto, he vuelto a los movimientos profundos y satisfactorios. Empezando despacio, pero acelerando poco a poco. Mis dedos le estabilizan antes de ser capaz de llegar a ir lo suficientemente rápido. Mi otra mano se ha movido hacia su vientre, aunque sospecho que eso me pone más a mí que a él.

La presión de su agarre en mi pelo se acentúa. Puedo ver que quiere empujar mi cabeza hacia abajo, al igual que muchos hombres intentan hacer en algún momento u otro. Pero se recompone, me suelta, y coloca su brazo debajo de su cabeza. Por el rabillo del ojo le veo observándome, inspirándome a ajustar mi técnica para hacerla más visualmente placentera.

"¡Sí, joder!" gruñe.

Manteniendo el ritmo, bombeo su polla con la mano mientras le chupo la punta, rodeándola con mi lengua y cambiando el ángulo lo suficiente para intentar hacer contacto visual. A los hombres les gusta esa vista tanto como a las mujeres, ¿verdad?

Sus ojos se cierran con una mueca. Es la buena clase de mueca, la que he visto antes. No hay más avisos; los espasmos, los gruñidos, y esta vez las pulsaciones, han empezado. Succiono una última vez, despacio y con fuerza, y él pierde los papeles.

"Ha sido... maldición, no esperaba que fuera tan bueno," dice.

Aún tumbado de espaldas, me hace un gesto con la cabeza para que me acerque más. Cómo puedo resistirme.

Su satisfacción es contagiosa. Cuando se gira y coloca su brazo a mi alrededor, me siento igualmente en paz y mis ojos se vuelven pesados. Se me había olvidado lo agradable que es el ser simplemente abrazada.

En mi duermevela resultante, sueño con él. Con nosotros. Con algo que me presiona contra la cadera. Me libero de su abrazo para poderlo alcanzar con la mano.

Sueño con el resultante jadeo en mi oído cuando mis dedos sienten el resultado venoso de su permanente excitación. Estoy húmeda, estremecida.

Él rueda hasta ponerse de espaldas. Profundas respiraciones regulares. Las mías no son tan regulares.

En mi sueño trepo encima de él torpemente. Él cierra sus brazos y me mantiene fuertemente presionada contra su pecho. No tengo deseos de luchar contra él.

Su cuerpo se amolda al mío. Todo en él es suave excepto por una cosa. Si nos uniéramos hasta formar sólo uno, no me importaría.

No me quiero mover, y aún así... Frotarse sienta tan bien, pero también me quema. Debo eliminar esta comezón, aún cuando está empezando a doler. Pero entonces, ya no me duele más.

Abro los ojos, momentáneamente perturbada por la

humedad entre nosotros y el cosquilleo del pelo de su pecho en mi nariz. Sólo ha sido un sueño, pero cuando medio me despierto, él aún está dentro de mí.

Capítulo Cinco

Durante nuestra noche juntos, he intentado de todas las maneras no afligirme por su fin. Con la luz entrando por las cortinas, inundando la habitación, ya no tengo ese lujo. Me duele todo el cuerpo con un delicioso recordatorio de todo lo que hemos hecho, una y otra vez.

Toda la experiencia ha sido mucho mejor que mis esperanzas más optimistas. Tiene talentos, le pone ganas, y el atractivo ciertamente no se le ha agotado. En todo caso, podría imaginarme convirtiéndome en adicta a esto. Me tengo que recordar que no debo ni siquiera pensar en esa idea. Esto se supone que es el principio de mi viaje y sería un fracaso abandonar ahora.

Se remueve junto a mí, girándose y acercándome más a él. Su cara parece tan inmóvil, sin nervios, sin preocupaciones. Cuanto más le miro, más siento que podría ser mi ruina.

He sido su primera vez, y su segunda, y su tercera... ni siquiera lo sé con seguridad. No sólo tengo más cosas por experimentar, sino él también. Además, casi no nos conocemos. Los pocos detalles que le he contado sobre mí son mentiras.

Inclinándome, le beso los labios suavemente e intento deslizarme fuera de la cama, pero él no me suelta. En vez de eso, sus brazos se cierran alrededor de mi cintura aún con más fuerza. Su cuerpo presionado contra mi costado amenaza con excitarme una vez más, sólo que la quemazón entre mis piernas me hace preguntarme si otro polvo me haría sangrar. Nunca he tenido tanto sexo en un periodo de veinticuatro horas, así que es imposible predecirlo con seguridad. Pero supongo que es posible. Ya estoy bastante escocida.

"Buenos días, preciosa," me susurra en el oído, antes de mordisquearme suavemente el cuello.

Ha sido un aprendiz excelente.

"Hola..." respondo, intentando luchar contra los escalofríos que me envía espalda abajo.

"No te vayas todavía," dice.

Decido rendirme a él, así como a parte de mí misma y el resto de mi brazo sobre su costado. Me encanta lo suave que su piel es ahí. ¡*No, debería dejar de seguir esta línea de pensamiento inmediatamente!*

"Huele a sexo aquí," digo. De verdad que huele a eso.

Él deja escapar una risa corta. "Ya bien debería después de todo lo que hemos estado haciendo."

Le deseo de nuevo, pero realmente no creo que esté físicamente bien para esa tarea. El gruñido ahogado que se le escapa mientras se estira revela que él debe estar en el mismo predicamento.

"No creo que haya hecho tanto ejercicio desde... nunca," se ríe.

Lo mismo que yo.

"Pero me lo he pasado bien. Esto ha sido realmente genial..." Su voz se va apagando. ¿Por qué me estoy sintiendo tan en conflicto conmigo misma esta mañana? La verdad es que no quiero que esto acabe, y aún así sé que debe terminar.

"¿Crees que, a lo mejor, podríamos quedar de nuevo alguna vez?" pregunta.

Mierda.

"Recuerda que estoy casada," digo.

"Lo sé, es sólo que... realmente me ha gustado esto... tú..."

"Yo no estaba buscando una aventura, no busco compromisos. Lo sabes," le recuerdo.

Él suspira, continúa pasando sus dedos por mi cadera, costado, y espalda repetidamente.

"Podemos ser amigos, hablar online, ese tipo de cosas... Pero si seguimos viéndonos así, la situación se volverá complicada."

"Probablemente tengas razón." Se retira hacia atrás, la mirada en sus ojos recordándome la primera vez que hablamos, hacía menos de veinticuatro horas, en Cineworld. Tímida y cautelosa una vez más.

La despedida ha llegado antes de lo que yo quería. Le beso en los labios una última vez.

"Eres un chico genial, lo cual hace que todo esto sea más difícil."

"Si tú lo dices."

Se levanta de la cama y empieza a recoger su ropa. ¿En qué estaba pensando? ¿Que podría encontrar a alguien con quien conectara tan bien y luego tener una ruptura limpia por la mañana? Considerando todas las cosas, esto es lo mejor.

No hay más conversación, no más contacto visual mientras él se viste. Me siento en la cama, mirándole con el edredón subido hasta mis hombros.

"Adiós," susurro cuando cierra la puerta tras de sí.

Tras despertarme tan sólo unos minutos antes con alguien con quien me he empezado a sentir cerca, ahora estoy sola. Duele mucho más de lo que pensaba que dolería. Maldición. ¿Va a ser cada encuentro como éste? ¿Por qué algo tan hermoso tiene que terminar tan horriblemente?

Estiro mi dolorida espalda y empiezo a recoger mi bolso. De camino, miro por una abertura en las cortinas para ver el deprimente cielo de noviembre abrirse. Incluso el clima tiene ganas de llorar.

De vuelta a la cama, rebusco entre mis posesiones para encontrar el cuaderno. *La lista.* Tachando la primera línea, respiro hondo. No debería estar triste. La noche pasada creamos algunos de los recuerdos más increíbles de mi vida.

Uno menos, tres más por terminar.

El Madurito

Capítulo Uno

Viajar en autobús puede ser como un grano en el culo. Esta mañana de invierno hace frío, está lloviendo, y he perdido los dos primeros porque estaban llenos. No creo que haya nada más decepcionante que estar de pie en la parada del autobús, temblando incontrolablemente, viendo como un caldeado autobús pasa por delante de ti sin ni siquiera reducir la velocidad. Sólo estábamos dos personas en la parada, ¡estoy segura que el conductor podía habernos recogido! El siguiente autobús tarda cinco minutos en llegar; por suerte, éste tiene un poco de más sitio dentro. Un asiento es mucho pedir durante los primeros minutos, así que me veo obligada a quedarme de pie, colgada de un pasamanos, e intentando no marearme mientras estoy a la merced del conductor de autobús más errático del mundo.

El caldeado aire está finalmente empezando a penetrar mi abrigo de lana, permitiéndome abrir mi bufanda un poco. En la siguiente parada, alguien se baja, liberando un asiento que estoy ansiosa de ocupar. Esto me da otros diez minutos para encontrar mi diario y escribir.

Querido Diario,

Ha pasado un mes desde que empecé mi viaje: una búsqueda hacia la iluminación sexual, encendida por mi ruptura con Jeff. No estoy muy segura de que esté yendo genial; de hecho, no tengo ni idea de como continuar. Al parecer todo en mi lista, aunque tentador, tiene algún tipo de desventaja u obstáculo. Pero por algún golpe de suerte increíble he conseguido encontrar un virgen al que follarme, lo cual fue bastante fantástico. Lo que no es tan fantástico es que me está costando mucho trabajo lo de asimilar la primera parte de 'sexo ocasional' como concepto. Puedo practicar sexo, pero no estoy segura de poder ser lo suficientemente ocasional sobre ello. Como resultado, he estado pensando mucho en él, a pesar de no conocerle de nada, ni siquiera su nombre. Ésta no es una situación en la que estoy recordando con cariño sólo uno de los puntos de mi lista de deseos sexuales, sino más bien una inconveniente obsesión con el chico. Me gustaba. Y tal y donde estoy en mi vida ahora mismo, no puedo permitirme eso. No estoy segura de gustarme a mí misma más, y con seguridad eso debería ser una prioridad.

Terminamos nuestro tiempo juntos con la sugerencia (por mi parte) de quizás seguir como amigos. Sin embargo, me he reprimido de establecer contacto. Mi preocupación es que aún me quedaré más pillada por esta fijación. Había planeado más experiencias y debería seguir con el plan. Pero por algún motivo me siento un poco bloqueada, como si necesitara que me pase algo drástico para finalmente considerar el resto de mis opciones, o simplemente debería rendirme. La verdad de la cuestión es que tengo ganas de vivir más experiencias; simplemente pasa que quiero unas cuantas repeticiones con él.

Definitivamente debería quitarme esa idea de la cabeza ahora. Esto no era por lo que había firmado. No quería todas estas mierdas de 'y si...' dando vueltas en mi cabeza; todo lo que iba buscando era un poco de diversión...

Necesito que algo pase pronto, o mi plan se irá a la mierda. Me refresco la memoria con mi lista original, escrita en una pequeña libreta que mantengo conmigo todo el tiempo.

Hacer:
~~Virgen~~
Madurito
Extraño
Trío

Un vistazo a mi reloj me dice que me quedan pocas esperanzas de llegar a tiempo. No es que eso importe. La mayoría de mis compañeros de trabajo trabajan con horario flexible. Siempre y cuando esté allí las ocho horas por las que me han contratado, es irrelevante si llego un poco tarde. Además, en los cuatro años que he estado allí, Craig nunca me ha causado ningún problema con respecto a cosas así. Nunca me ha dado ningún problema.

En el momento en que llego al trabajo, la radiante sonrisa de Sally me saluda.

"¡Hola, Becks, se te ve gruñona y tristona esta mañana! No importa. Déjame que cambie eso," dice Sally.

"Buenos días, Sal," digo mientras me quito el empapado abrigo.

"¿Te acuerdas de ese tío? ¿Del que te hablé?" continúa.

"¿El que te estabas tirando el pasado fin de semana, o el de la semana anterior?" bromeo.

"Cállate, pendón. La última vez que miré tú eras la que se estaba creando un nombre como corruptora de inocentes, no yo."

"Tienes razón. Así que sí, el tío. ¿Qué pasa con él?"

"Bien, él dirige el equipo de ventas en Aspect. ¡Le envié nuestros CVs y me acaba de llamar para decirme que nos quiere contratar a las dos!" A Sally le cuesta mucho mantener la voz baja. Así de excitada está.

"¡No me jodas! ¡Eso es fantástico!"

"Lo sé. No quiero ofender a Craig, pero este lugar es algo así como un barco que se hunde. Allí conseguiremos un mejor salario, y he oído que tienen su propio gimnasio en las instalaciones. ¿No es genial?"

"Vaya, muchas gracias por recomendarme. Ya me he estaba cansando de la interminable austeridad de mierda que campa por aquí. Ni un miserable aumento en dos años..."

"En absoluto. Va a ser genial. Nuevo ambiente, nueva gente, pero aún nos tendremos la una a la otra."

Sally cambia de tema de nuevo, charlando con algunos otros compañeros que acaban de llegar. Vaya una increíble oportunidad. Ella tenía razón: estas noticias me han animado de verdad inmensamente.

"Buenos días," dice Craig, té humeante en mano.

A menudo me pregunto si usa su taza de *'El Jefe'* irónicamente, o porque no quiere molestarse en buscar una diferente entre el montón que le dimos hace dos años. La imagen completa es hilarante porque él es que va más elegantemente vestido en la oficina, al igual que es supuestamente el maduro al cargo de una horda de veintiañeros. Y aún así sigue usando esa ridícula taza.

"Feliz lunes." Sonrío.

Me dedica una mueca y empieza a hablar de la fiesta de Navidad. Para apoyar más recortes, el único evento que todos estamos deseando que llegue - no, que nos morimos por que llegue - ha sido afectado.

"Así que en vez de cancelarlo todo, lo cual no llevaría a nada más que a una revolución y un golpe de estado sangriento, he conseguido convencerles de que nos dejen organizarla en las oficinas," explica Craig.

Suspiro. Es un hombre agradable y le echaré de menos cuando Sal y yo nos vayamos, pero ella tiene razón. Esto es un barco que se hunde.

"Supongo, mientras que haya alcohol y comida medio decente. No, tacha la comida. Mientras que haya montones de alcohol, estaré bien."

"Es lo que me imaginaba." Craig me dedica una media sonrisa.

"Sé que estás ocupada, pero ¿podrías reunir a un par de personas y ayudar a organizar esto? El catering, las bebidas, lo que sea."

Vaya una forma de simplificar las cosas. Sólo porque vaya a tener lugar en la oficina no significa que no deba ser una fiesta de Navidad en condiciones.

"Sí, vale."

"Genial. Por favor, elige a dos o tres personas con las que trabajar y que vayan a la Sala de Reuniones Uno a las diez."

✳✳✳

"Empecemos. Becky os habrá contado que esta reunión es sobre la fiesta de Navidad..." empieza Craig.

Sally tiene su silla junto a la mía y ha empezado a hacer garabatos en su libreta. Acebo y bastones de caramelo, qué apropiado. Junto a ella se sienta Lesley, a quien se lo he pedido sólo porque necesitaba otra persona cuando Sheila no quiso saber nada de trabajo extra. Vaca vaga...

"Así que como os podéis imaginar, el presupuesto es limitado, y ya es hora. Normalmente, para estas fechas las cosas ya habrían sido completamente organizadas. Lo cierto es que querían cancelar la fiesta. Pero no podemos permitir eso, ¿verdad?"

Sacudimos la cabeza al unísono, fracasando al imitar la falsa excitación de Craig. Demasiadas cosas que hacer, demasiado poco tiempo, nada de dinero. *Genial.*

"¿Qué hay de las fechas?" pregunto.

Craig abre su agenda y pasa las páginas hasta encontrar diciembre.

"¿El trece?"

"Viernes trece. ¿Estás de guasa, no?" dice Sally.

Craig se encoge de hombros. "Bueno, supongo que la siguiente semana también sería apropiada, pero nos quedaríamos sin los que han reservado vacaciones tempranas."

"O tendría que ser un día a mitad de semana, lo cual es un poco una mierda," apunto.

"Entonces el trece." Sally suspira y se reclina hacia atrás con los brazos cruzados detrás de su cabeza.

"Vale, el presupuesto..." continúa Craig.

La reunión duró casi una hora. Se lanzaron muchas ideas; cosas como el tema y la decoración, los cuales me imagino que Craig nunca habría sacado a colación por sí mismo. Debemos tener un servicio de catering preseleccionado; el de un amigo de un amigo. Va a costar mucho trabajo preparar esto, pero puede que lo consigamos.

Mientras todos se dispersan de vuelta a sus puestos de trabajo, tengo una real necesidad de cafeína. Craig se reúne conmigo en la cocina. Para nosotros el área de cocina hace las funciones que el proverbial dispensador de agua tiene para la mayoría de la gente. También tenemos uno de esos, pero quién quiere agua fría en mitad del invierno. Éste es nuestro pequeño espacio para chatear.

"Té normal, nada de esta cosa verde orgánica que es el último grito, ¿eh?" pregunto, poniendo la opción 'más sana' en el armario, sin abrir.

Asiente y coloca su taza sobre el mostrador junto a la mía. Siempre hemos tenido un ambiente bastante informal en la oficina. Todos los que beben café se reúnen para obtener más café con regularidad, como hacemos Craig y yo; los únicos bebedores de té de la planta. Lo más agradable es que en esta habitación las escalas de salario, los puestos de trabajo, e incluso las diferencias de edad no significan nada.

"¿Has tenido un buen fin de semana?" pregunto.

Craig se encoge de hombros y está a punto de responder de forma positiva, como es su costumbre. Pero algo no parece estar bien.

"Sí... No, la verdad es que estoy muy contento de que haya acabado."

"¿Cómo es eso?"

"Son asuntos personales. Estoy seguro que no quieres escucharme hablar de ello..."

"Como quieras. Espero que se solucione," digo, sintiendo cada palabra. Ojalá contara lo que le pasa. No es propio de él ser tan reservado.

El resultante silencio entre nosotros se vuelve aún más chocante cuando el sonido de la tetera me sorprende. Vierto el agua y miro los remolinos marrón rojizo llenar las tazas hasta que el color es el correcto.

Él toma la suya, me dedica una sonrisa fugaz y se dirige a su oficina.

Eso ha sido raro.

✷✷✷

"Hola, Sal." La saludo cuando vuelve a entrar tras su descanso para fumar.

Nos sentamos juntas en nuestros escritorios adyacentes para una rápida sesión de ponernos al día antes de decidir ser productivas otra vez.

"Lo más raro acaba de pasar en la oficina. Así que le pregunté a Craig por su fin de semana..." Le conté lo que él había dicho; primero un resumen, luego un informe detallado incluyendo una repetición a cámara lenta de cada elemento de lenguaje corporal que puedo recordar o inventarme.

Sally se inclina hacia delante, con expresión conocedora en la cara. Sus compañeras de cigarrillo ya la habían informado de lo que era la comidilla número uno del departamento: la esposa de Craig se marchó con sus hijos y aparentemente está intentando hacer que la separación sea lo más difícil y dolorosa posible. No pudimos evitar sino sentir lástima por él, nuestra percepción sin duda predispuesta por como es en el trabajo. No puedo imaginarme a él haciendo algo para merecerse ese tipo de tratamiento. Ella suena como una auténtica zorra.

Justo cuando estábamos especulando sobre lo que podría haber pasado, la puerta de su oficina se abrió. Silenciadas por su presencia mientras caminaba por delante de nuestras mesas de camino a las escaleras, intento centrarme en el trabajo en vez de mirarle fijamente. Hoy todavía tenemos que confirmar el cátering.

***

Llegaron las cinco en punto y aún estoy en mi mesa. La mayoría de la planta se ha quedado vacía ya; Sally se fue especialmente temprano diciendo que tenía una cita. ¿Quién demonios tiene una cita un lunes?

Mientras tanto, yo no tengo ninguna cita. Sólo mi piso vacío me espera y no tengo prisa. Al salir, doy un rápido rodeo para asomar la cabeza en la entrada de la oficina de Craig.

"Buenas noches, Craig," digo.

Él levanta la vista momentáneamente de la avalancha de documentos en los que parece estar trabajando y asiente. Supongo que ahora prefiere quedarse tarde en vez de irse a casa. Qué deprimente.

En mi inocencia, siempre había asumido que para cuando cumpliera cuarenta y cinco, o lo viejo que él sea, tendría mi vida solucionada. Casada, quizás con un niño o dos, una casa en alguna parte de un bonito callejón de los suburbios que habríamos elegido por el distrito escolar y el bajo nivel de criminalidad. Trabajaría hasta la jubilación y volvería a casa con la persona con la que me gustaría hacerme vieja. Definitivamente no Jeff, sin embargo; él nunca encajó en ese sueño por lo que puedo recordar.

Quizás ése era exactamente el tipo de plan que Craig tenía.

Mientras bajo las escaleras, salgo por la puerta principal, y me dirijo hacia la parada del autobús, pienso en él un poco más. Me recuerda a un profesor que tenía en el colegio, que sobresalía entre los más estrictos. Mr. Robertson me dejaba salirme siempre con la mía. No hacía los deberes: olvidado. Llegaba tarde o me saltaba clases enteras: una sacudida de cabeza y un suspiro. No es que siempre quisiera saltarme las clases; a mí me gustaba él particularmente. Supongo que lo podrías llamar un capricho, aunque era platónico.

Saltarse las clases significaba inevitablemente que algo que absolutamente no me podía perder estaba sucediendo. Como una rara reunión con una amiga de otro colegio. Un plan más planteado para quedarme en el patio con algún chico y tomarme unas copas o peor. Nos iríamos en bicicleta a casa estando aún más colocados que un yonqui, pero en el fondo siempre me preguntaba si Mr. Robertson habría notado mi ausencia.

Craig era exactamente como Mr. Robertson. No se enfadaba si llegaba tarde, temprano, o particularmente respondona tras unas cuantas copas durante uno de los raros eventos de trabajo que la compañía aún pagaba. Si un día decidiera no hacer mi trabajo nunca más y me sentará allí sólo para jugar al *Angry Birds*, estoy segura que no se enfadaría: sólo estaría decepcionado.

Pero quizás hay una diferencia entre los dos: yo podía imaginarme la posibilidad de hacer algo mucho más travieso con Craig de lo que nunca había considerado con Mr. Robertson. *¿Podría ser?*

Su elegante forma de vestir cubriendo lo que parece ser un cuerpo atlético de perfectas proporciones con su marco de metro ochenta, más su pelo canoso, y cara que era aún más hermosa por la sutil profundidad de sus rasgos. Craig parece ser la definición exacta de un madurito, uno que había estado fuera de alcance y fuera del dibujo hasta ahora. Con mi marcha de la compañía casi grabada en piedra, y su matrimonio hecho jirones, ¿podía Craig convertirse en el número dos de mi lista?

Esta misma mañana me estaba desesperando sobre como proceder con *la lista*. Ahora parece que tengo un plan taimado, uno que podría beneficiarnos a los dos. Tiene gracia lo mucho que pueden cambiar las cosas en un día...

Capítulo Dos

Vaso de vino en la mano, dejo que el puntero del ratón sobrevuele sobre su perfil: mi compañero sin nombre para una noche caliente que es imposible de olvidar y que permanece como la inspiración de muchas fantasías resultantes. Mis defensas están bajas y estoy débil esta noche, sola. Fácilmente tentada por un vistazo a su físico y un recordatorio de lo que compartimos hacía unas semanas. Parece que fue ayer. A pesar de intentar lo más posible por tragarme las emociones dormidas, una sensación de pérdida intenta clavarse dentro de mí.

La ventana del chat me avisa por el rabillo del ojo del hecho de que él también está online. Inevitablemente, me rindo y le envío un mensaje.

"¡Hola!"

Inmediatamente me siento estúpida por establecer contacto porque mi mente está vacía. Todo lo que tengo para continuar la conversación es '*¿Qué pasa?* Blah...

"Hola, extraña," responde.

"Extraña pero también extrañamente familiar..."

"¿Cómo has estado? Me he estado preguntándome si debía mensajearte, ya que - pero no estaba seguro de si preferías mantener la distancia."

"Oh no, para nada. Te dije que podíamos ser amigos. Lo decía en serio." No lo había dicho en serio. No estoy segura de que podamos ser amigos, al menos por mi parte. Pero el simple hecho de que él había respondido tan entusiásticamente estaba haciendo maravillas en mi humor.

Éste es un juego peligroso.

"Me alegra oírlo."

"Las cosas han ido bien. Igual que siempre, en realidad. Aunque por alguna razón ahora estoy oficialmente a cargo de la fiesta de navidad de la oficina. Es un poco coñazo, la verdad."

"Eso parece. Al menos, tú aún tienes un trabajo. Yo he estado buscando uno y no he tenido mucha suerte."

"Oh, vaya mierda. ¿Qué estás buscando?"

"Honestamente, cualquier cosa. No lo sé. Mientras aún estaba en la Uni, trabajé en una tienda. Ahora que ya he terminado, estaba buscando algo más... adulto, un trabajo de oficina de algún tipo. Debo haber enviado miles de solicitudes y nada."

Lo sentía por él y me preguntaba si podía ayudar. Pero lo último que necesitaba ahora mismo era colocarnos en una situación en la que realmente nos viéramos en el trabajo.

"La situación es dura ahí fuera. He oído historias similares de amigos que están buscando trabajo. En cualquier caso, la gente no va a querer contratar a nadie antes de las vacaciones."

Desde ahí, le pregunto sobre sus estudios. Literatura Inglesa, aparentemente, aunque ahora se pregunta si no debería haber estudiado algo más del "mundo real".

"Vale, y esto va a sonar raro, pero yo quería darte las gracias..." escribe él.

Aún está tecleando, así que espero. Sí, definitivamente

es raro.

"Por reunirte conmigo..."

"Te dije entonces que no era un favor. Yo estaba siendo totalmente egoísta."

"Bueno, principalmente por no dejarme allí en el Cineworld, como un trapo, esperando una hora o más, antes de darme cuenta de que nadie iba a aparecer."

"Plantarte no iba a servir para mis propios propósitos egoístas ;)"

"Aún así."

¿Cómo puede ser tan dulce? Es totalmente injusto. Suspiro y miro a la pantalla durante un rato mientras ordeno mis pensamientos lo bastante como para ser capaz de expresarlos con palabras.

"Simplemente me alegro de que no estés enfadado conmigo. Pensé que, de seguro, no ibas a querer hablar conmigo después de haberte dejado esa mañana," escribo.

"Supongo que pensé que tal vez habría una posibilidad... pero no estoy enfadado."

Esta conversación, estas pequeñas confesiones, me hacen sonreír pero me asustan al mismo tiempo. Estoy cavando un agujero más profundo para mí misma simplemente por estar conectada. La urgencia de correr me invade: es lo mejor para los dos.

"Ups, ¿sabes? Mi teléfono está sonando. Será mi marido así que mejor contesto. ¿Hablamos más tarde?" tecleo. Es una mentira completa, por supuesto; toda mi historia falsa estaba diseñada para evitar enredos emocionales. Pero no puedo bajar el camino de los 'y si' ahora mismo.

Apago el ordenador para prevenirme de mirar sus fotografías. Sería mucho más fácil si no le hubiera enviado el mensaje. Eso también es una mentira; nada sobre esto podría ser fácil. Yo debería pasar página. Quizás si completo la lista, será posible para mí mantener las emociones y la lujuria por separado.

✷✷✷

"¿Qué piensas?" pregunto en voz baja, haciendo un gesto hacia el otro lado de la oficina.

Sally se reclinó en su silla de manera mucho más evidente y mira a Craig de pies a cabeza hasta que él se da cuenta. Ella - sin vergüenza - le dedica un pulgar hacia arriba, a lo cual él sólo sacude la cabeza como cualquiera lo haría ante un loco. A este ritmo, ella me estropeará el plan.

"Sí, ya veo lo que quieres decir. Está bastante buenorro," responde, "para ser un viejo..."

"No tenemos mucho tiempo después de que tu follamigo en Aspect nos envíe los contratos. Un aviso de una semana, eso es. Va a tener que pasar pronto."

"Estoy de acuerdo." Ella me sonríe. Detecto una pizca de orgullos: gracias a su experto tutelaje, aún puedo convertirme en una confiada seductora después de todo.

¿Sin embargo, no sería raro que le entrara a alguien con quién he trabajado durante años? Y, oh dios mío, ¿cómo le dejo claro que sólo quiero un lío de una noche? Era mucho más fácil conseguir toda esa información rara cuando estaba online con - como quiera que se llame. E incluso entonces era difícil ajustarse al plan. Aún lo es, si el chat de anoche era algún indicativo.

Decido que va a ser el tipo de cosa que requiere el tipo de sutileza que sólo puede conseguirse por mutua borrachera. Iba a tener que esperar hasta el trece de diciembre. La fiesta de navidad que estábamos en proceso de planear. Lo último que cualquiera de nosotros quiere es expectativas fuera de lugar.

✳✳✳

El tiempo pasa rápidamente con tantos planes por hacer además del viejo trabajo regular. Para cuando llegó la segunda semana de diciembre, lo que empezó casi como una causa perdida se estaba convirtiendo en un evento que todo el mundo esperaba con impaciencia.

Mientras tanto, yo había empezado a reunir mi conjunto matador. ¿Alguien tiene un tema? ¿Voy a terminar comprando cosas nuevas para cada encuentro? Si es así, éste va a ser un pasatiempo caro. He justificado este último gasto como una inversión para asegurar que mi *plan de juego* funciona. Necesito ser capaz de soltar unas cuantas indirectas no demasiado sutiles para averiguar si está interesado.

El mensaje tiene que ser directo al grano, pero que aún me permita una *salida*. ¿Qué mejor forma atraer su atención que con una media y liguero estratégicamente enseñada? Así que el vestido tiene que tener un largo adecuado, pero sin ser demasiado ceñido; ropa interior a juego. Eso es lo básico.

"¿Té, Becky?" Craig levantó su taza y levantó las cejas

varias veces en rápida sucesión.

Dios, es muy gracioso.

"¿Qué te parece que soy? ¿Un perro? A continuación empezarás a silbar cada vez que necesites una bebida caliente," gruño.

Él se ríe, conociendo mi rutina medio ofendida demasiado bien ahora. "Lo que sea que funcione."

Nos dirigimos al área de cocina, donde a regañadientes reconozco que es mi turno de hacerlo.

"Entonces, las cosas pintan bien para el viernes," apunta Craig.

"Será genial."

"Estaba pensando que nadie querrá trabajar antes los cinco, así que podríamos terminar el día un poco más temprano y empezar la fiesta entonces."

Eso me parece bien.

"Prepararlo todo no llevará mucho si cogemos ya algunas de las mesas que no se usan y las colocamos cerca de las escaleras," sugiero.

"Probablemente tendrían que haber hecho hace mucho tiempo. Ver esas mesas vacías cada día no pueden haber ayudado a levantar la moral."

Tiene razón, recordando que el hecho de que los colegas que solían sentarse allí fueran despedidos había tenido un impacto en todo el mundo. Saber que eran inevitables futuros recortes y ver a Craig caminar por la oficina pareciendo una sombra de sí mismo había empeorado el sentimiento general. Puede que no haya perdido del todo su sentido del humor, pero es obvio que también necesita muchos ánimos.

"Pues no las vuelvas a poner en su sitio después de la fiesta. ¿O podría convertirse en un área de descanso para todo el mundo?" sugiero, tendiéndole su té.

Asiente y lo acepta, y nos quedamos ambos callados y perdidos en nuestros pensamientos mientras tomamos nuestros primeros tragos. Mis pensamientos se centran en el plan que se avecina. Ha sido duro mantenerme en curso, pero estoy en el día séptimo de no conectarme a Fetlife y de no mirar nada que tenga que ver con *Él*. Esfuerzos diarios para imaginarme como ocurrirá exactamente mi encuentro con Craig ha ayudado mucho. Sin embargo, esas mismas actividades están consiguiendo que sea un poco raro estar de pie junto a él ahora en este inocente contexto rutinario.

Me pregunto en qué está pensando.

"Las navidades van a ser una pesadilla," apunta él.

"Sí."

Mi respuesta parece sorprenderle.

"¿No vas a ir a casa a ver a tus padres?"

"No. Papá está pasando tiempo con su nueva novia y mamá ha decidido recorrer el mundo. Se ha apuntado a algún tour organizado por Egipto o algo así." Le dedico una sonrisa vacía.

"Nosotros siempre solíamos llevar a Gem y a Adam a ver a sus abuelos. Este año ni siquiera sé si les llegarán sus regalos a tiempo o no. Tuve que enviar los paquetes. ¿Te lo puedes creer?" Se encoge de hombros como para dirigir sus pensamientos en otra dirección.

Sí, definitivamente necesita que le animen.

Compartimos una de esas sonrisas de lástima antes de llevar el resto de nuestro té de vuelta a nuestros escritorios.

81

Capítulo Tres

"La he jodido, Sal," susurro, tendiéndole uno de los últimos trozos de la decoración. La fiesta va a empezar en unos instantes y me estoy poniendo de los nervios.

Ella levanta una ceja, esperando que se lo cuente todo, mirando hacia abajo a medio camino subiendo la escalera.

"Bueno, ya sabes que dije que me iba a mantener alejada de ese chico..."

"¿El de Fetlife?"

"El que era virgen, sí. Bueno... estaba un poco aburrida. Sola. Desesperada."

"¡Oh, me cago en la puta, Becky! ¿Qué te dije?" Sally bajó los escalones después de colgar el obligatorio ramo de muérdago de un gancho en el techo.

"A ver, que sólo hemos hablado, pero siento que... no sé..."

"Eres una perdedora. Eres libre. Puedes hacer lo que quieras. Tienes esta gran oportunidad de reinventarte, y en vez de eso... Joder."

"Es tan fácil hablar con él. Nos llevamos muy bien. La última vez que hablé con él fue hace casi una semana, pero luego otra vez anoche..."

"¿Sabes lo que necesitas? Necesitas que te follen. Y joder, te ves increíble. Deberías poner ese plan brillante en acción." Sally se gira justo cuando Craig sale de su oficina, arreglándose la corbata.

"A ver, ¡maldición, mírale!" susurra.

"¿Y si a él no le apetece?"

"Y si... Puta, para ya. Él tiene una jodida suerte de que *a ti* te interese él. Tienes que dejar de tomarte las cosas tan seriamente." Ella me da una palmada en el culo y se aleja hacia el "bar": un conjunto de mesas agrupadas con un impresionante grupo de botellas alineadas encima.

Alisándome mi *Pequeño Vestido Negro,* puedo sentir los tirantes del liguero a través del tejido, aunque sé que sólo será visible para el observador más perceptivo. Supongo que ella tiene razón. Si todo funciona, esta noche podría animarme sobre todo. Y en verdad no había previsto lo sexi que me sentiría al comprar un par de medias bajo mi de otro modo clásico y conservador vestido.

Le dedico una concienzuda mirada de arriba a abajo desde el otro lado de la oficina. Sally está genial. Su pequeño modelito rojo muestra un poco más de Tetas y Culo que el mío, pero ella tiene la actitud para eso. Los rizos rubios apilados en lo alto de la cabeza en un moño despeinado, y pintalabios rojo a juego con maquillaje sutil que acaba todo el conjunto. Ella parece sacada directamente de la portada de Vogue.

Ella indudablemente tiene su propio plan para esta noche. Me pregunto quien es el afortunado chico...

"Vaya, todo esto parece espléndido," dice Craig, apareciendo tras de mí.

Tiene razón. En pocas horas, lo que fue una vez un espacio de oficina vacío se había convertido en un lugar adecuado para un puñado de oficinistas a punto de estar más que borrachos. Increíble lo que unos cuantos metros de tela de organza y decoraciones de navidad pueden hacer.

"Va a ser divertido," digo, intentando convencerme tanto como a él.

Sonríe brevemente y se aleja hacia su oficina otra vez, para no ser visto hasta que la fiesta empiece oficialmente.

✳✳✳

Para las siete, la fiesta está en pleno apogeo. Los del catering han traído una impresionante variedad de comida de estilo Tapas, la bebida corre libremente, y la música es apropiadamente alta y terrible. Afortunadamente parece que nuestra preparación ha ido bien, y Sally y yo, el *'Comité Navideño oficial'*, como se nos conoce ahora, podemos finalmente abandonar nuestros puestos para soltarnos la proverbial melena.

Al otro lado de la habitación, la mirada de Sally se encuentra con la mía. Sutilmente me hace un gesto hacia el estratégicamente colocado muérdago, donde un despistado Craig está de pie con una pinta de cristal en la mano. Ella sonríe, yo asiento sutilmente, y nos acercamos.

"¡Muérdago!" gritamos Sally y yo, un segundo antes de atacarle y dejar marcas de pintalabios en cada lado de su cara.

"¡Por Dios, no me di cuenta que teníamos uno de esos!" Mira avergonzado al pequeño ramo verde colgado del techo por un trozo de cinta roja.

Sally me dedica una mirada con intención y nos deja atrás.

"Pues sí. Por supuesto, fue idea de Sal."

"Por supuesto," dijo Craig.

Se limpia el pintalabios de la mejilla antes de darle otro sorbo a su cerveza.

"Podrías querer moverte si no quieres que eso pase de nuevo..." Mis ojos se centran en el lado de su cara donde aún puedo ver una distintiva mancha rosa.

"Aún tienes un poco..." Hago gestos en mi propia cara y él intenta imitar lo que estoy haciendo, sin éxito.

Es bastante gracioso, y no puedo dejar de reírme. Debe ser el vino.

"Bueno, eres inútil," dice Craig, cogiendo una servilleta de una mesa cercana e intentándolo de nuevo.

Tiene una sonrisa encantadora, cálida, y genuina. Mucho más cada vez que realmente parece feliz - algo que ha sido raro últimamente. *Creo que le estoy mirando fijamente. ¿Estoy mirando fijamente?*

"Muchas gracias por encargarte de todo esto," dice, haciendo un gesto a nada en particular a nuestro alrededor.

"Mmhm."

Estoy mirando fijamente como las esquinas de sus ojos se arrugan cuando sonríe. Y huele muy bien. Debe haberse puesto loción de afeitado no hace mucho tiempo, porque no recuerdo que él oliera tan bien antes. *¿Puedo hacer esto? ¡Joder, sí, puedo hacerlo! Creo...*

Terminando lo que quedaba en mi copa de vino de un trago, me inclino hacia delante, poniéndome ligeramente de puntillas.

"¿Podemos hablar?" susurro en su oído.

Al otro lado de la habitación, directamente en mi campo de visión, veo a Sally sonriendo y asintiendo hacia mí furiosamente. Parece casi más excitada que yo.

"Claro," dice Craig. Mira alrededor y se centra en la familiar puerta un poco alejada de donde estamos ahora.

"¿Mi oficina?"

Accedo con una sonrisa y dejo mi copa sobre la mesa más cercana.

Por un momento me pregunto si debemos ser más cuidadosos sobre quien nos ve dirigiéndonos hacia su oficina así, pero decido que realmente me importa una mierda. Además, todo el mundo parece mucho más preocupado con lo que sea que están haciendo: comiendo, bebiendo, bailando, hablando con los demás... La única persona que está prestando atención es Sally, y ella ya estaba al tanto del plan de todos modos.

Cierra la puerta tras de sí y me apoyo contra su escritorio, observando cada uno de sus movimientos.

"Así que..." empieza.

"Así que." Me levanto con ambas manos y me deslizo hacia atrás hasta que estoy sentada completamente sobre el escritorio, y cruzo las piernas.

Su atención se ve momentáneamente dirigida hacia mi muslo, específicamente el trozo de encaje negro que ha aparecido justo debajo del dobladillo de mi vestido. Tarda un momento en centrarse de nuevo en mi cara. Vamos bien.

"¿Qué querías discutir?"

"Estás siendo muy formal..." Miro hacia abajo y empiezo a deslizar mi dedo por la costura del dobladillo del vestido. De un lado al otro, sin esforzarme por ajustar mi vestido para esconder mis medias.

"¿Se supone que esto iba a ser informal?" Está una vez más distraído por lo que está pasando más abajo de lo que se consideraría apropiado.

"Considero que somos amigos, no sólo colegas. ¿Lo sabes, verdad?" pregunto.

Me lanza una mirada interrogadora.

"Bueno, sí." Su voz suena tentativa.

"Es obvio que no has pasado por tus mejores momentos últimamente..."

"Obvio, ¿eh? Pero sí, ésa sería una observación justa."

"Sólo me estaba preguntando si habría algo que podría hacer para ayudar." Descruzo las piernas, dejando que cuelguen del escritorio con mi mano ahora descansando justo encima de mi muslo.

Mirando hacia arriba desde debajo de mis pestañas, le estudio cuidadosamente. Estoy bastante segura de que lo que sea que esté escondido debajo del elegante traje de tres piezas y camisa sería una visión excepcional. En esos raros días en los que viene a trabajar sin la corbata y con el cuello desabrochado, he espiado un arbusto de oscuro pelo castaño que desearía ver más esta noche.

Le echa un rápido vistazo a la fiesta y cierra la persiana, tomando luego unos pasos en mi dirección. Me siento flotar, nerviosa a no poder más, pero excitada también. El vino actúa como un amortiguador conveniente, permitiéndome olvidarme de toda preocupación, mientras que aún estoy dolorosamente consciente de su existencia.

"Becky, ¿cuánto has bebido?"

"¡Oh, por favor!" salto, deslizándome del escritorio y poniéndome sobre los dos pies otra vez.

"¿Qué os pasa a los hombres, que cada vez que alguien toma la iniciativa tenéis que echarle la culpa a cualquier excusa de mierda...?"

"¿Qué? No quise decir..." Parece bastante sorprendido por mi exabrupto, lo que a pesar de mi frustración es aún un poco encantador.

"No, déjame terminar. Puede que no tenga la menor idea de como proceder sobre esto, y puede que me haya bebido un par de copas de vino esta noche, pero la última vez que lo comprobé, ninguna de esas cosas es delito. Lo que estoy intentando decir es que si alguna vez hubieras querido... ya sabes... Ninguno de los dos tenemos ataduras, es una fiesta, pasan cosas, y no hace falta que salgan de esta habitación." Respiro hondo y le miro fijamente a la cara, a pesar de un creciente sentimiento de que ésta era la idea más estúpida del mundo.

Da un paso y se sitúa justo delante de mí, obligándome a inclinar la cabeza hacia atrás bastante para poder seguir mirándole a los ojos. Ojalá supiera lo que estaba pasando aquí ahora mismo.

Finalmente, la sombra de una sonrisa juguetea en sus labios, pero no permanece lo suficiente para poder estar seguro. Quizás me lo he imaginado.

"Vale. Sólo tenía que asegurarme..." Recorre un dedo a lo largo de mi mandíbula y mi garganta parece cerrarse con una nueva, aunque familiar, sensación. Las cosas van en la dirección correcta, y quiero *más*.

"Además, ya sabes como *nosotros, los hombres,* preferimos un nivel de sutileza comparable a ser atropellado por un tren de mercancías... No esperaba que fueras tú." Ahora está definitivamente sonriendo.

Estoy jadeando ligeramente, no estoy segura de si empezó cuando me molesté, o más probablemente porque estoy disfrutando de nuestro cambio de dinámica.

"Sólo estamos siguiendo la tradición," susurro.

"¿Qué tradición es ésa? ¿La tradición en la que la atractiva empleada tienta a su jefe con favores sexuales hasta que la situación completa se convierte en una denuncia?" Me sonríe. Tiene una sonrisa preciosa.

"De hecho, estaba pensando en la otra genial tradición en la que te lías con un colega al azar mientras estás borracho en la fiesta de navidad. Pero lo que sea que te venga bien." Bato mis pestañas varias veces antes de devolverle la sonrisa.

"¿Así que ahora es *al azar?*"

Está tan cerca de mí que me pierdo en el embriagante aroma de su loción de afeitado, o suyo en general. Aún con el borde de la mesa presionando contra mi medio sentado trasero, y con él de pie, está demasiado alejado para mi comodidad.

Coloco una mano sobre su hombro y me enderezo mientras él se inclina lo suficiente para estar los dos a la par.

"Quizás no sea totalmente al azar." Encontrando difícil concentrarme, no estoy segura de donde mirar. Sus ojos, que parecen negros como el azabache aún cuando sé que no lo son. O sus sensuales labios carnosos.

Sus manos se posan sobre mis caderas, esperando pacientemente mi permiso o mi primer movimiento. Quiero que me bese ahora. Necesito que me posea. Es patético, pero tenerle tan cerca produce un efecto calmante. Como si por un momento no vamos a estar solos. Por toda la mierda que sigo pensando sobre Jeff, al menos él estaba allí cuando yo llegaba a casa por la noche. Normalmente.

Es ese momento, justo antes de que algo suceda, pero ya puedes saborearlo. Me imagino que alguien más valiente y totalmente diferente a mí se sentiría así justo antes de hacer puenting. O antes de saltar desde el trampolín más alto de la piscina. Y yo que sé. Soy una gallina. Pero ahora conozco este momento, justo antes de besar a alguien que habías pensado besar pero nunca lo habías podido hacer antes.

Respiro su aroma una vez más y lo retengo, y mientras quiero que esta deliciosa y creciente excitación dure, también quiero que explote y se exprese sin más dilación. Sus labios tocan los míos. Es excitante. Suave, tentativa exploración de dos lenguas, que en un mundo perfecto no deberían encontrarse. En un mundo perfecto, los dos aún seríamos aún felices con nuestros respectivos amores...

Capítulo Cuatro

Durante este primer y cuidadoso beso, se enciende un interruptor entre los dos. Se funde un plomillo. Ésta ha sido una idea estúpida y un momento de genialidad al mismo tiempo.

Me empuja hacia atrás sobre la mesa. No lucho. Esto es lo que quería.

Un lapicero se cae y su contenido se esparce por el suelo, junto con hojas de papel que vuelan hacia abajo, zigzagueando por el aire.

Mis piernas se extienden alrededor suyo, su mano sostiene mi mejilla y toma lo que está en oferta con ganas. Mis besos, tantos como desee dar, para empezar. Aunque no es brusco, está seguro de sí mismo. Entrelazando sus dedos con el pelo de mi nuca, me asegura donde me quiere. Su otra mano explora mi muslo, apretando y acariciando la piel expuesta por mis medias.

Es una fuerza a considerar. Un depredador enjaulado quien, tras ser liberado, recuerda su instinto primitivo. Peleándome con su chaqueta primero, luego con los botones de su chaleco, hago lo que puedo por seguir el ritmo. Es imposible cuando casi no puedes conseguir suficiente aire.

No esperaba que fuera tan salvaje, lo cual era estúpido por mi parte porque hemos estado esquivando el tema durante años. En nuestro solitario santuario para beber té, lejos de la gente del café, he tenido muchas oportunidades de bromear con él. Hemos tenido nuestras conversaciones inapropiadas, nuestros *chistes internos* que a menudo continuaban hasta llegar al reino de las insinuaciones.

Pero todo eso fue antes. Antes de que las circunstancias hicieran *esto, nosotros,* posible. Ahora veo que habría sido casi inevitable. Pero no mientras él estuviera casado y yo estuviera saliendo con Jeff. Eso siempre había roto el acuerdo.

"Eres preciosa," susurra en mi oído.

Cuando sus labios - y dientes - encuentran mi cuello, no puedo evitar gemir.

"Tú tampoco estás mal," jadeo en un último intento de parecer en control de mis facultades.

La superficie de madera de la mesa enfría la piel desnuda de mis brazos y justo por encima del escote. El resto de mí está ardiendo dentro del vestido que de repente me rodea como una trampa, sofocándome. Necesito quitármelo, tanto como necesito que se quite la camisa. Los botones parecen estar peleándose conmigo mientras intento desabrocharlos sin mucho éxito.

"Quítame la cremallera," digo, y él se retira lo suficiente para que yo me tire de cabeza hacia su cabeza. Con ella medio abierta ahora, puedo ver suficiente de lo que me espera para hacer que mis sentidos se sumerjan más en una confusa felicidad. Él *es* hermoso.

Tras tardar medio segundo en darse cuenta de que no hay cremallera a su alcance, me da la vuelta y abre el vestido de arriba a abajo en un sólo movimiento. Mi cara está presionada contra la madera y encuentro un dulce alivio de todo el calor en mi interior, sus manos quemando los músculos junto a mi columna. Arriba y abajo, sobre mis omoplatos, desabrochando mi sujetador, luego acariciando hacia abajo sobre mis caderas.

Me levanto sobre los codos, permitiendo que el vestido caiga libremente y con él mi sujetador. Cuando miro hacia atrás, veo que también ha dejado caer sus pantalones. Una mano sobre mi trasero, la otra está ya trabajando su polla. Mi intento por darme la vuelta al completo se encuentra con un determinado empujón en el hombro y susurra en mi oído.

"Todavía no. La vista desde aquí es magnífica."

Dedos expertos dejan a un lado mi tanga, acarician y juegan con mi vagina de un modo que sólo un hombre experimentado sabría como hacer. Perfección.

Suspiro y me dejo caer sobre la mesa otra vez, disfrutando del calor de sus besos por mi espalda en perfecto contraste con la fría y brillante superficie del escritorio contra mis pezones desnudos. Estoy empapada. Me muero por algo más que un simple dedo.

Su mano serpentea alrededor de mi cintura hasta que es capaz de levantarme ligeramente y bajarme el tanga, permitiéndome quitármelo. La caliente y resbaladiza punta de su miembro empuja contra mí y suelto un gemido, reprimiéndome antes de que suene demasiado alto. Por suerte, quien quiera que esté en control del estéreo en la planta principal se ha vuelto loco con el volumen, así que es improbable que nos oigan mientras la música esté sonando.

Me contoneo hacia atrás, dejándole claro exactamente

lo que quiero, y él responde penetrándome. Ha pasado un mes desde mi último encuentro, y a pesar de tener muchas actividades en solitario, estoy notablemente tensa. O quizás la tiene más grande de lo que pensaba. Se inclina otra vez hacia delante. Puedo sentir su aliento contra mis hombros mientra gime con cada empuje. Despacio al principio, pero pronto acelerando hasta llegar a un ritmo con el que estoy sorprendida de estar disfrutando tanto. *¡Jeff ciertamente nunca lo intentó así!*

Tiene una mano sobre mi cadera, la otra sobre mi hombro, anclándose para controlar mejor sus movimientos. A pesar de estar principalmente incapacitada contra la mesa, un cosquilleante sudor está empezando a formarse en mi espalda y a bajar por mi columna. Estoy ardiendo, aceptando toda su longitud agradecidamente, saboreando el duro empuje.

Lo único que echo de menos es que no puedo ver. No puedo llegar a tocarle desde aquí. De vez en cuando me giro para mirarle. Su cara revela concentración extrema, humedad empezando a brillar sobre sus rasgos. Esta noche soy indudablemente suya. Él me ha reclamado. El febril ritmo e intensidad de sus movimientos me obliga a enderezarme de nuevo por miedo a tener un tirón muscular.

Su brusca técnica parece ser lo que le libera de demonios y pensamientos. Me quedo en blanco, centrándome sólo en la entrada-salida-entrada-salida, que continúa a un ritmo enloquecedor. Nuestros cuerpos parecen estar conectados, respiraciones sincronizadas y músculos trabajando al unísono, preparándome y recibiendo con los brazos abiertos el escozor que marca cada empujón.

Sorprendentemente, ya me estoy acercando al final. La familiar sensación dulce y pegajosa dentro de mi bajo abdomen empieza. Es lo que he empezado a reconocer como la primera señal de que estoy de camino al nirvana. Crece, me tenso, jadeo. Él gruñe detrás de mí, cierro los ojos y me estremezco y empujo contra él, buscando el máximo placer.

Él me lee como si me hubiera conocido así todo este tiempo, su mano viajando hacia delante alrededor de mi cadera para ganar acceso a mi clítoris. El suave juego de sus dedos me hace difícil creer que está siendo realizado por el mismo hombre que está metiéndomela tan fuertemente al mismo tiempo. Pero es él, y puede ver que soy incapaz de resistirme.

"¡Más!" grito, y él me lo da.

Me folla hasta que mi espalda siente cosquilleos. Hasta que fuegos artificiales explotan entre mis piernas, deliciosos escalofríos viajan por toda mi piel y me dejan débil sobre la mesa. Tiemblo por dentro y pierdo toda coordinación mientras mi orgasmo me embarga.

Sale de mí y tengo que obligarme a levantarme o me deslizaré hacia una deliciosa siesta post-coito ahora mismo. Mis ojos se centran en su forma medio desnuda, tirando el condón a la papelera. Ni siquiera me había dado cuenta de que se había puesto uno antes de que todo fuera una locura. ¡Qué descuidada y estúpida!

Estoy a punto de preguntarle qué le gustaría que yo le hiciera a cambio cuando un golpe en la puerta nos sobresalta a los dos.

"Un momento, por favor," dice en voz alta para asegurarse de que quien sea le oiga por encima de la música de fuera.

Mientras tanto doy vueltas por el lugar, recogiendo mi vestido y ropa interior, y gateando debajo de su escritorio, que por suerte tiene el frente cubierto. Sólo puedo esperar que ninguna parte de mí sea visible a través del pequeño hueco entre el borde de madera y el suelo. Oigo como revuelve cosas, el sonido del papel siendo ordenado y colocado sobre la pulida superficie de arriba. Finalmente se sienta, bloqueándome dentro.

"¿Sí?"

La puerta se abre y oigo una voz femenina, vagamente familiar, pero de algún modo no reconocible en mi actual estado de pánico.

"Hola, Craig. Sólo quería decir... Feliz navidad por adelantado. Genial fiesta. Umm..." ella suena reacia, y realmente deseo poder ver su cara desde aquí sin yo ser visible.

"Gracias. Feliz navidad para ti también." Su voz suena más profunda de lo que suele ser. El sonido me hace temblar.

En esta oscura caverna, rodeada por fría madera y su aroma, empiezo a sentirme segura. Demasiado segura. Puede que haya vuelto a abotonarse la camisa y se haya subido los pantalones, pero no se ha subido la cremallera. Tentador.

"Me estaba preguntando si habías recibido mi tarjeta..." dice la mujer. Hay algo en el modo en que habla.

Un resto de acento regional. ¿Quién demonios es? Tener la respuesta a esa pregunta casi a mi alcance, pero no enteramente accesible, está empezando a molestarme. Estoy empezando a olvidarme de lo cerca que ha estado que nos pillaran.

También, esta charla trivial sobre tarjetas y deseos de navidad me está volviendo impaciente. Aún no hemos terminado aquí. Dejo que mi mano viaje hacia arriba por su muslo y hacia el aún visible bulto en sus pantalones. Noto que se sacude lo suficiente para que me de cuenta. En vez de cerrar las piernas para denegarme acceso, parece relajarse...

"Umm, no, lo siento. ¿Qué tarjeta?"

La mujer tartamudea unas cuantas palabras fragmentadas antes de terminar con un 'no importa'. Me animo a continuar acariciando al principio a través de sus pantalones, luego dentro. No lleva ropa interior. Espero que no haya dejado ninguna prueba incriminatoria en el suelo.

Rodeando con mis dedos su ahora liberada erección, soy momentáneamente distraída por unas cuantas cosas ruidosas que suceden en rápida sucesión: la apertura y el cierre de una puerta, el crujido de una pesado cajón justo al lado de donde estoy, y el golpe de algo sólido siendo dejado sobre mi cabeza.

"Que me lleven los demonios," suspira Craig, y se reclina hacia atrás en la silla.

Me mira a mí y a mi mueca sorprendida mientras espero algún tipo de explicación adicional.

"Pensé que tú habías dejado la tarjeta."

Con una ceja levantada, espero con su polla aún en mi mano.

"¿Qué tarjeta? ¿Y quién era esa, de todos modos? Conozco la voz, pero no consigo ponerle cara ahora mismo," digo.

"Sarah."

Oh, Sarah la de Recursos Humanos. Tiene sentido. Ahora reconozco la voz.

Craig toma un trago de un vaso que debe haber aparecido en su cajón del escritorio justo ahora, y mira fijamente a nada en particular mientras se pasa la mano por el pelo.

"¿Crees que va a volver?" pregunto. Como si él supiera la respuesta. "Joder, ¿crees que habrá notado el olor a sexo aquí?"

Se encoge de hombros e intenta rodar su silla hacia atrás para dejarme salir, pero me agarro a su muslo y sacudo la cabeza.

"Aún no. La vista es magnífica desde aquí abajo."

Los dos nos reímos, probablemente debido al alivio de estar solos otra vez. Me recoloco hasta que estoy arrodillada adecuadamente, en vez de estar acurrucada sobre el frío suelo, y agradecidamente acepté el vaso que me tendió. Whisky.

Mientras tomo un trago, está mirando algo justo encima de mí que suena como un taco de papeles. Entonces me tiende la explicación: una tarjeta navideña escrita con tinta dorada. Escritura femenina mucho más elegante que la mía,*Deseando unas Navidades traviesas*, y debajo un trozo en blanco con cinta adhesiva de doble capa. Junto a eso, otro condón aún envuelto.

"Mierda. ¿Sarah te dejó esto?" exclamo. Es sorprendente y al mismo tiempo hilarante. "Estaba pensando que fue una feliz coincidencia que tuvieras condones a mano."

"Dios, esto es raro." Craig se incorpora en la silla otra vez, cogiéndome el vaso y rellenándolo.

"Sólo si ella se entera." Sonrío.

Tardo unos dolorosos segundos en recordar lo que estaba haciendo sólo unos momentos antes. *Aún no hemos terminado aquí.* Empiezo a acariciarle otra vez hasta que se pone duro como una roca en mi mano. No tardamos mucho en considerar que el raro incidente del condón como algo de poca importancia. Se relaja, cierra los ojos, sólo abriéndolos sorprendido cuando mis labios le rodean.

El frío del suelo ha empezado a colarse por mis medias, haciendo que mis rodillas se duerman. Sin embargo, sus reacciones merecen mi incomodidad. No se había terminado de meter la camisa dentro de sus pantalones, así que es fácil meter la mano por debajo para acariciar su pecho mientras se la chupo profundamente. Con lo bien que me hizo sentir, espero devolvérsela con creces.

Siempre he tenido esta extraña fantasía en la que hago una mamada debajo del escritorio con riesgo de ser descubiertos en cualquier momento. Parece adecuado que consiga eliminar un artículo de *la lista*, mientras lo hago en un ambiente con el que había fantaseado. Por el bien de Sarah, espero que ella no vuelva.

Él gruñe y se retuerce en la silla cuando le tomo en mi boca lo más profundamente que puedo, masajeando sus bolas a conciencia. Cuando abre los ojos, decido aumentar el ritmo. Ciertamente mientras él estaba al mando, a él le gustaba un ritmo más rápido y más duro.

Su respiración se vuelve laboriosa, más rápida, acelerándose hasta sobrepasar la velocidad de mis movimientos. Decido alternar y juguetear con mi lengua durante un momento antes de continuar profundamente. Su mano encuentra mi pelo pero resiste la urgencia de empujarme hacia abajo. Tras estar al cargo encima de su escritorio, me está dejando que sea mi turno debajo de él.

Mientras sus movimientos se vuelven más erráticos, empieza a tensarse. Sus ojos están clavados en la visión entre sus piernas. Mi cabeza subiendo y bajando, intentando mantener el contacto visual con mi boca llena.

"Aún no quiero terminar," dice entre jadeos forzados.

Quizás tenga razón. Debemos extender esta experiencia hasta conseguir todo su potencial. Desliza su silla hacia atrás, ofreciéndome la mano, y me pongo de pie delante de él. Mis ropas aún están sobre el suelo y, después del ambiente cavernoso debajo del escritorio, el aire en el resto de la habitación parece más frío. Escuece contra mi piel.

Me inclino sobre él, aún sobre la silla, y encuentra mis labios para un prolongado y apasionado beso. Mientras tanto estoy buscando algo debajo del asiento. *¡Ah, lo encontré!* Un tirón al regulador de altura hace caer la silla a su nivel más bajo. Encontrando la tarjeta de Sarah sobre la mesa, cojo el último condón, y se lo doy.

Se lo coloca directamente y yo observo. Cuando me siento a horcajadas sobre él, descubro que la altura de la silla es perfecta: con mis tacones puestos, puedo cómodamente llegar al suelo.

Le monto, disfrutando sus ojos sobre mí, su piel contra mis pechos expuestos cuando me froto hacia delante. Sus manos descansan sobre la parte superior de mis medias, con sus pulgares donde los tirantes frontales del liguero intentan sujetarse desesperadamente. Me siento como no me he sentido nunca antes: segura de mí misma, seductora, y hermosa, y al mando de alguien acostumbrado a ser la autoridad. Es extraño y me hace sentir poderosa. Hace que me sienta empapada una vez más.

Labios mordisquean mi pecho, dientes suavemente atrapando mi pezón. Recorro con mis uñas el corto pelo justo por encima de su cuello. Su aliento es un estremecimiento contra mi piel, lo que hace que mis nervios canten con más excitación. Somos uno otra vez, durante este fugaz momento, antes de que la vida normal se imponga y que tengan que revelarse verdades inconvenientes. Tendré que dejar este lugar...

Alejo de mi mente lo desagradable y me centro en esto, en nosotros. Me gusta el roce de mis medias contra mí, y mantener mis tacones puestos para esta experiencia. Es todo tan perfecto. Si hubiera una cámara oculta en esta habitación en algún sitio, nuestro pequeño espectáculo podría rivalizar con cualquier película porno.

Sus dedos se clavan en mis caderas, guiándome a la velocidad adecuada sin ser intrusivo. Mientras tanto, me lanzo a por más besos frenéticos, que él parece disfrutar tanto como yo.

Él ya está llegando al clímax. Lo puedo ver en sus movimientos y la mirada intensa de sus ojos. Quiero su placer, saborearlo en sus labios y sentir la energía explotando entre mis piernas. Sus ojos cerrados, manos tensas sobre mí, empleo todas mis reservas en un sprint final hacia la salvación. Cuando se deja ir finalmente, me lleva con él y me rindo.

Ahí es donde el efecto porno se acaba. No tengo la energía para desmontar de manera elegante, sino que me desmadejo sobre él. Nos tomamos un tiempo para recuperar el aliento, sin encontrar palabras o acciones apropiadas para llenar el silencio. Claramente no es momento de conversaciones.

Tras levantarme, me apresuro a recoger mi ropa para vestirme.

"Volvamos antes de que empiecen a hablar." Asiento en respuesta e intento arreglar mi pelo al tacto. Él limpia una mancha de lo que sospecho podría ser rímel de debajo de mi ojo y sonríe para indicar que estamos listos.

Capítulo Cinco

Otra fría y lluviosa mañana de lunes, llego al trabajo a tiempo para variar. En realidad, llego cinco minutos temprano. Sally me mandó un mensaje de texto ayer para notificarme con adelanto: toda la documentación está preparada para nuestro traslado. Hoy será el día cuando se lo hagamos saber a todos los demás.

El viernes fue increíble. Un inyección de confianza, no disminuida por el hecho de que hasta el momento de la verdad no podía estar segura de que Craig estuviera interesado. ¡Y vaya giro sorprendente lo de la tarjeta! Sin saberlo, Sarah me ha ayudado enormemente a conseguir mi objetivo. Me pregunto si incluso habría sucedido si no hubiera estado él en el modo adecuado con antelación. Al mismo tiempo, le tengo un poco de lástima...

Tras dejar mis cosas sobre mi escritorio y darme cuenta que Sally no ha llegado aún, me muero por tomar la primera taza del día. ¿Veré si Craig ya ha llegado? ¿Será raro hablar con él ahora? Ciertamente siento un extraño nudo en la garganta, uno que me dice que debo evitarle. Qué tonta e infantil.

Su puerta está abierta, así que llamo rápidamente y entro.

Mis sentidos podrían estar engañándome, pero es como si aún pudiera oler nuestro aroma combinado en el aire. El escritorio está una vez más cubierto de papeles con un ordenador en el centro, con Craig sentado tras de él, con aspecto serio y profesional. Todo *parece* normal, pero es difícil no rendirse a recuerdos de momentos desnudos y lujuriosos.

"Buenos días. ¿Quieres té?" pregunto, fracasando al disimular mis nervios.

"Claro. Dame un momento."

Él termina de teclear algo y empuja su silla hacia atrás para levantarse. La silla de cuero me recuerda aún más de nuestras travesuras.

Intentando olvidarme, me dirijo hacia la cocina con él detrás de mí. Una vez dentro hago lo que puedo para preparar de manera eficiente nuestras bebidas para que podemos salir lo antes posible, porque de repente he perdido toda motivación para hablar en realidad.

"Entonces, el viernes..." empieza Craig.

El pelo de mi nuca se me eriza, pero no me giro e intento mostrarme indiferente.

"¿Qué fue eso exactamente?"

"Como dije. Un ligue en una fiesta."

"Sólo quiero asegurarme de que no voy a ser convertido en el malo de la película por no ser lo suficientemente caballeroso. Espero que esto no haga que las cosas se vuelvan raras entre nosotros?"

"Relájate, no lo será," digo.

"Tengo la sensación de que al menos debería ofrecerme a invitarte a cenar."

Mi mente va corriendo tanto que casi no oigo su respuesta. Sé lo que tiene que pasar hoy, pero de repente, al enfrentarme a él, no estoy muy segura de como exponerlo. Lo mejor es que lo diga de una puta vez.

"De hecho, quería darte mi aviso hoy."

Él respiró hondo, haciendo una dolorosa pausa de unos segundos. Podría jurar que mi corazón late bien fuerte, resonando contra las paredes.

"Jesús, ¿fue tan malo?" Su voz es baja. Mierda.

Me giro para darle su taza, intentando ofrecer una sonrisa reconfortante.

"No, no. Me has malinterpretado." Pongo una mano sobre su brazo y espero a que haga contacto visual a pesar de que mis nervios desbocados me están diciendo que me calle y corra.

"No quería que pensaras que me debes algo después de... Además, tengo esta oferta que, lamento decir, es mucho mejor de lo que puedo esperar aquí. Honestamente, estoy harta de esperar y de descubrir que la siguiente posición que desaparecerá podría ser la mía."

Él suspira, recobrando la compostura. "Habría hecho lo que fuera para que eso no sucediera, pero lo entiendo. Las cosas no han estado muy bien aquí durante los últimos dos años."

"¿Sin rencores?" digo.

"Sólo porque lo entienda no quiere decir que tenga que gustarme."

"Me parece justo." Mirándole de nuevo, a pesar de sus intentos por poner una cara profesional, puedo reconocer que está furioso. Maldita sea.

"Voy a echar de menos esto, ¿sabes?" Ponerle voz a esta emoción en particular es raro cuando menos, pero es cierto. Nuestras charlas diarias han sido valiosas. Sin ellas me habría ido antes, sin red de seguridad.

"Sí."

Mientras salgo de la cocina, miro hacia atrás una vez más para descubrir a Craig aún congelado en el mismo lugar. Yo había querido sacar el tema de Sarah y la tarjeta, y que espero que haya algo ahí digno de explorar, pero nada podría ser menos apropiado ahora mismo.

"Deberías hacerlo oficial. Por escrito," me llama cuando ya estoy casi fuera de su vista.

✳✳✳

De vuelta a mi escritorio, estoy hecha un lío. Estoy escribiendo mi carta de dimisión y preguntándome si acabo de cagarla terriblemente con Craig. El viernes por la noche fue maravilloso a su modo, y me he dado cuenta estúpidamente de lo unida que me sentía hacia él como amigo del trabajo. Me siento tan culpable. Aunque sé que todo el mundo dice que nunca debes compartir tus planes de cambio de trabajo hasta que las cosas estén grabadas en piedra, a lo mejor debería haberle tratado menos como un superior y más como un auténtico amigo, y simplemente ser honesta. Demasiado tarde para eso ahora...

Sin tener ni idea de que esta extraña amistad basada en el trabajo pudiera extenderse hacia mi vida personal, ahora estoy aún menos segura de como proceder. ¿Debería preguntarle si quiere seguir en contacto? ¿Lo malinterpretaría como deseos de salir con él? ¿Le enfadaría aún más?

Genial, con mi segunda experiencia terminada, me descubro a mí misma volviéndome más cercana a ambos hombres implicados. A diferencia de lo que Sally me había hecho creer, un ligue no hacía que me olvidara del otro. Pero si algo era verdad, mi unión con Craig realmente quiere permanecer en la zona de la amistad. Amigos con beneficios, quizás, aunque había sentido algo más profundo con *como-se-llame*. ¡Maldita sea yo y mis estúpidas emociones!

Termino de escribir el mínimo para una carta y la imprimo. Tras firmar con mi nombre al final de la carta, me siento y la miro fijamente durante un rato.

Sally está en una reunión esta mañana, así que ni siquiera puedo discutirlo con ella. Atrapada, sin salida para el lío en mi cabeza, y la sensación de que todas las apuestas están fuera de lugar de todos modos, hago algo arriesgado y estúpido: me conecto a Fetlife en mi teléfono.

El pasado jueves habíamos tenido un maravilloso chat, el anterior virgen y yo. Me había sentido más cerca de él de lo que me había sentido estando en la misma cama con él. Quizás él podría compartir algunas opiniones si está conectado.

Tras notar que no está online en el chat, miro las actualizaciones de su perfil. ¿Qué me he perdido durante los pasados cuatro días?

'Enamorarme de una amiga, una vez más. No creo que yo esté realmente en su radar. Además, ella está con otro tío. ¡Me cago en la puta, no esa mierda otra vez!'

Miro fijamente esas palabras durante cinco minutos

completos, intentando averiguar lo que significan. *Una amiga suya.*

¡Joder!

Yo pensaba que teníamos una conexión, un tipo de confianza que nos permitía compartir detalles de nuestras vidas con el otro. Él nunca la había mencionado. Ver esto ahora me golpea como un puñetazo en el estómago. Y aún así, qué hipócrita por mi parte esperar que me mantuviera al día sobre su vida amorosa. Me había asegurado de que supiera que no había posibilidad de que hubiera algo entre nosotros, y estoy completamente segura de que no le dije nada sobre *la lista* o Craig. Así que en realidad soy la última persona que debería estar celosa y herida ahora mismo.

Y aún así lo estoy.

Asqueada conmigo misma, pero principalmente con el mundo, salgo de la página web y dejo otra vez mi teléfono. Encontrando la familiar y pequeña libreta en mi bolso, paso los dedos por los dos elementos tachados en mi lista de cosas sexuales por hacer. Virgen y Madurito - hecho. A continuación, un extraño. Suena factible.

Sé lo que Sal dirá: continuar ayudará. En cualquier caso, ahora que he quemado dos puentes, no debería encontrar tan difícil mantener mis estúpidas emociones a raya sobre mis anteriores aventuras.

Quizás ella acertará esta vez...

Extraño

Capítulo Uno

Estoy teniendo una de *esas* noches. Las que se alargan para siempre. No puedo dormir pero no puedo soportar sentarme sola mucho más tiempo tampoco. Es porque estoy preocupada por todo lo que ha pasado últimamente, y que no he tenido ganas de tratar. A este ritmo nunca volveré a dormir. Un derrotado suspiro más tarde, encuentro mi diario y decido exponerlo todo y confesar mis pecados, aún cuando si nadie los verá aparte de mí.

Querido Diario,

Hoy fue mi último día en el trabajo. Y con él, quizás también la última vez que veo a Craig. Él ha estado comportándose raro desde nuestro loco lío en la fiesta de navidad hace un par de semanas. Eso no es ni siquiera una evaluación justa. Desde que dimití el lunes después del viernes cuando nos liamos, él ha estado frío e indiferente. No lo había manejado demasiado bien. Para nada. No sólo lo había dicho en el peor momento posible, sino que había sido bastante brusca. Más tarde, Sal se preguntaba si él había estado a punto de pedirme una cita meros momentos antes de que yo se lo dijera, así que él estaba quizás deseando que hubiera más también. ¿Podría haber sido? Había dejado abundantemente claro que sólo iba a ser sexo. No es que el plan hubiera salido la primera vez.

Mientras tanto, mi primer ligue basado en la lista, el ex-virgen, había estado escribiendo un montón sobre su último trágico interés amoroso. Aparentemente ella era genial, y perfecta, y guapa, y dios sabe qué más. Y ya estaba cogida.

Hemos hablado intermitentemente, pero he tenido cuidado de no tocar el tema de su enamoramiento en la conversación. Siento curiosidad, pero también estoy enfadada sobre ello, pero me doy cuenta que no tengo derecho de sentirme así.

Dejo el diario y el bolígrafo a un lado y respiro hondo. Nada de esto está ayudando. En vez de tener un efecto calmante, mi diatriba me está disgustando cada vez más. Odio como las cosas han terminado con Craig. Y odio aún más como el ex-virgen aparentemente ha olvidado nuestra noche juntos como si no significara nada para él.

Mientras tanto, Sally ha puesto el mecanismo en funcionamiento para el artículo 3 de mi lista. Voy a escoger un extraño en la fiesta de Nochevieja, con su apoyo (en caso que sienta la necesidad de joderla con mi ahora legendaria brusquedad). Dios sabe por qué he decidido alguna vez que quería montármelo con un extraño. Es una situación que asusta. Pero la idea de Sally de hacerlo en una fiesta parece sólida. Aún así el plan no me excita.

Quizás debería intentar las citas por internet y actuar con normalidad. Aburrida.

No estoy segura de como se supone que te debes sentir tras una ruptura, pero ha sido un gran y apestoso río de mierda por ahora. Y no estoy segura de que el ocasional evento inspirado por la lista haya compensado por nada de ello.

Cerrando el diario de golpe y lanzándolo lejos de mí sobre la mesa de café, apoyo mi cabeza sobre las manos. No hay opción sino a intentar ajustarme al plan. He tachado dos artículos de mi lista, significando que ya estoy a medio camino. No siento que estoy a medio camino, sino que la parte fácil está terminada y lo difícil empieza ahora: un extraño y un trío. ¿Entonces primero necesito encontrar a un tío al azar con el que dormir y luego tengo que encontrar a dos de ellos? ¿En qué estaba pensando?

Un extraño. Parecía una buena idea cuando escribí *la lista*. Ahora parece estúpido. Pero he establecido estas tareas para mí misma y odiaría rendirme ahora. Sally estará allí conmigo. Ella incluso bromeó que si un chico especialmente guapo apareciera, podríamos terminar matando dos pájaros de un tiro. No tuve el coraje de decirle que estaba buscando un trío con dos hombres, no con uno y con ella.

Así que, de hecho, hoy era mi - nuestro - último día. También era el último día antes de que las vacaciones de navidad empezasen para la mayoría de la gente, así que el nuevo trabajo no empezaría hasta enero. Lo que me recuerda otra cosa que he estado temiendo: Navidad.

Pasar las navidades yo sola. Sin familia, sin novio, y sin pavo. La monotonía nunca acaba. Lo único positivo que surgió de la semana anterior también era agridulce. Nuestra partida del trabajo abría una vacante en el sistema interno, los detalles del cual fui capaz de enviar al ex-virgen. Aún no he oído nada en respuesta por su parte, pero asumí que estaba buscando trabajo. Se lo recomendaría a Craig yo misma, pero en este momento eso podría tener el efecto opuesto. Una mirada al reloj revela que son las 3 de la mañana y aún no puedo dormir.

Me pregunto qué habrá en la tele.

***

Ding. Vaya ruido más raro está haciendo él. Ding.

Ding, ding, ding.

Desde ahí su hermosa cara se convierte en Craig, pero no con el que recuerdo haber trabajado antes. Más bien parece la versión del Craig al que le había dicho que dimitía con una mirada fija que me cortaba y me estremecía hasta el tuétano. Sus tensos labios casi no se movían mientras él continúa haciendo el raro ruido. Ding, ding.

Parpadeo varias veces, intentando sacudirme el irresistible letargo que experimentas cuando te despiertan en un mal momento. En pocos segundos, he pasado de estar en la cama con el hombre por el que empezó toda esta debacle de la lista a estar bombardeada por ruidos extraños y ver la culpa personificada delante de mí. ¿De dónde viene ese endemoniado ruido?

Mi teléfono se ilumina, presumiblemente al menos por décima vez, y suena otra vez. Argh, mi cabeza. El Messenger del Facebook no tiene piedad.

"Oye, ¿dónde cojones estás?" escribe Sal. "Tengo algo que discutir contigo. ¡Despierta, dormilona!"

Estrechar los brazos fracasa en liberar la tensión de mis hombros, que están sufriendo las consecuencias de dormir en el sofá.

"¿Qué?" escribo.

Sally parece estar escribiendo furiosamente al otro lado, y decido hacerme una taza de té. Esta mañana ha empezado mal del todo. Ese sueño. No le perdonaré haber interrumpido ese sueño. Parecía no sólo que el tío me estaba follando, sino más bien que estábamos haciendo el amor. La forma en la que me miraba... Aún estoy con los nervios de punta por su culpa. Pero ahora ese glorioso momento ha pasado.

Ding.

¡Maldita sea, *ya voy, mujer!*

La tetera empieza a hervir en el fondo y compruebo el mensaje que acaba de llegar.

"Cambio de planes para navidad. ¿Aún estás por aquí el 25?"

"Sí."

"Vale, genial. Parece que yo también. Hagamos algo."

Sal al rescate, para librarme de una navidad solitaria sin un pavo asado que esperar con antelación. ¿Por qué no?

"Llámame en diez minutos." Le doy a enviar y me dejo caer en la barra de desayuno de la cocina, frotándome la frente con la palma de la mano. Cafeína. Necesito cafeína.

Varios tragos de té y una galleta más tarde, el teléfono suena.

"¡Buenos días!" saluda Sally alegremente al otro lado.

"Blah."

"Oh, eres una gruñona. ¿Lo sabías? Son las jodidas once de la mañana. No es que te esté llamando a una hora intempestiva o algo así." Se ríe. Su excitación me está volviendo aún más gruñona.

"Me quedé dormida como a las cinco. O a las siete. Dios, no lo sé. Si hubiera habido alguien alrededor, les habría acusado de golpearme en la cabeza con algo después de que finalmente me quedara dormida. Maldito dolor de cabeza."

"Tienes que beber menos vino."

"No estaba be..."

"De todos modos, deja de cambiar de tema. Día de navidad. Tú, yo, pavo, verduras asadas, y todo ese rollo. ¿Qué me dices?"

"Vale."

"Podría preguntar si alguien más está libre. Todos los que no visitamos a la familia ese día, podríamos tener nuestra propia diversión."

"Vale."

"Puesto que eres la única que conozco que en realidad sabe cocinar, tú te encargarás de la comida. Nos reuniremos para comprarlo todo, pero estaría bien que fuera comestible."

"Vale."

"Genial. Hablamos más tarde." Y así, ella cuelga y me deja preguntándome qué exactamente he aceptado.

Estoy a cargo de la comida. De repente me pregunto si sentarme sola en casa sin todos los preparativos habría sido preferible a este nuevo plan. Aún así, ella tenía razón. Bien podríamos tener algo comestible sobre la mesa ese día y sé como es su comida. Encontrando mi libreta y bolígrafo, hago una rápida lista de los ingredientes a buscar. Cinco días para encontrar un pájaro adecuado. Eso debería ser factible.

✶✶✶

Sucede que el tiempo vuela cuando estás planeando un

festín. La principal contribución de Sally, aparte de la idea inicial, llegó en forma de unos cuantos invitados más y un ridículo email invitándonos a su casa para su propuesto *'Día de Navidad para perdedores tristes y solitarios'*. Simplemente no puedes improvisar.

Yo había acumulado más comida de la que una casa comería de media al mes, mientras que la había dejado a ella a cargo de la bebida. La cocina estaba cubierta con una montaña de platos que yo pensaba necesitaría, sólo por si acaso. Necesito apuntarle un tanto, uno muy grande. No he tenido tiempo de sentirme culpable por nada de lo que me estaba molestando la última semana.

Escuchar a Craig saludar a Sal a la puerta y agradeciéndole la invitación me resulta sorprendente. Aún así, no tengo tiempo para crisis nerviosas; en vez de eso, le saludo con la cabeza una vez que entra y continúo haciendo lo que puedo para no quemar la comida.

Cuando finalmente nos sentamos a la mesa, Craig, dos amigas del colegio de Sally, un vecino, ella y yo, me doy cuenta que todo el mundo está mucho más contento de lo que yo me había permitido ser. Pero la comida está preparada y creo que me he manejado bastante bien, a pesar de las constantes distracciones de antes. Todo el mundo está de acuerdo, incluso Craig, quien parece mucho menos frío y horrible de lo que le recordaba.

Para el final de la velada, que se alarga mucho más que un simple almuerzo, aparentemente está todo olvidado. Se me ha quitado un enorme peso de encima. De hecho, él se había preguntado si debía pedirme una cita el día que había dimitido, pero más por sentido de la obligación que por otra cosa. Mientras tanto, él había tenido una primera cita con Sarah, la de Recursos Humanos, y descubrió que tenían mucho más en común de lo que había esperado. Intercambiamos una mirada cómplice y una sonrisa, recordando la debacle de la Tarjeta Condón, pero nos lo quedamos para nosotros.

A pesar del esfuerzo hercúleo de preparar una comida para todos nosotros yo sola sin mucha experiencia previa, el día me deja contenta. Ha sido un éxito, y alguien que me preocupaba se hubiera convertido en un enemigo terminó siendo aún un amigo.

✳✳✳

"Feliz navidad," tecleo torpemente en el chat de Fetlife, excitada de ver que el ex-virgen está en mi lista de contactos online.

Tras llegar a casa a la respetable hora de la una de la madrugada, me parecía una idea simplemente brillante conectarme al chat para despejarme del duro trabajo de antes.

No dejo de pensar por qué estaría online a esta hora el día de navidad. Es suficiente que él esté aquí. La respuesta es lenta, pero llega finalmente.

"Para ti también. ¿Has pasado el día con la familia?"

"No, en casa de una amiga. Me pusieron al cargo del pavo." Aunque no lo comparto con él, la descripción de Sally del evento de hoy finalmente me parece divertida. *Navidad para perdedores tristes y solitarios;* ella es una cachonda.

Él me cuenta sobre su día, que había pasado en casa

de sus abuelos. Tres generaciones bajo un mismo techo, exactamente el tipo de asunto limpísimo del que están hechas las tarjetas de navidad. Ahora está de vuelta a casa y me pregunto cuán diferentes son nuestros mundos en realidad.

"¿Qué tienes planeado para año nuevo?" pregunta.

Recuerdo el plan, pero aún me quedan bastantes de mis facultades para decidir que sería una mala idea ser demasiado franca sobre todo.

"Sólo voy a ir a una fiesta. Mi amiga Sally ha comprado tickets. Creo que es en la ciudad, pero no sé donde seguro."

"Guay. Algo similar para mí también. Voy con mi amigo, el de la banda. Creo que te he hablado de él antes. Ha conseguido una actuación."

Nos deslizamos hacia una larga discusión sobre música y los problemas de los músicos independientes. Después cambio de tema sin pensar hacia algo que me ha estado manteniendo ocupada durante un rato.

"Dime algo... tu otra amiga... de la que has estado escribiendo..." empiezo, sintiéndome demasiado entrometida para estar cómoda, y al mismo tiempo no importándome una mierda en este momento.

"¿Quién?"

"Ya sabes... has estado publicando estados sobre ella. La chica de la que estás colgado."

"¿Sí?"

"Sinceramente, espero que todo funcione entre vosotros."

"Ella está con otro tío."

"Sí, lo sé, pero las cosas nunca están escritas en piedra, ¿verdad? Si tiene que ser, será. No sé cuán serio es, pero te deseo lo mejor."

De repente invadida por amabilidad humana, continúo por la misma trayectoria. Mañana podría lamentar mi honestidad.

"¿Qué aspecto tiene?"

"Inteligente, divertida, cariñosa, también guapa. Todo el conjunto."

"Si ella te echara un buen vistazo, se daría cuenta que eres todo eso y más. Y esto no es el vino hablando, te lo prometo. Habiéndote echado un buen vistazo yo misma, me gusta pensar que sé unas cuantas cosas sobre..."

Me reclino hacia atrás y miro fijamente las palabras en la pantalla. Mis dedos acaban de escribir todo eso al parecer por voluntad propia. ¿De verdad le veo de ese modo? Mi corazón está latiendo mucho más rápido de lo normal y tengo un raro nudo en mi garganta. Aunque eso podría ser el vino otra vez.

De repente quiero llorar.

Capítulo Dos

El club nocturno estaba abarrotado de gente. Hay cuerpos por todas partes de todos los colores y con diferentes grados de exposición. La música salía a raudales de los altavoces. El bar bullía de actividad y me sentía como una modelo caminando por la pasarela con Sally a mi lado. Hay un latido pulsante y casi colectivo en el lugar. Como si todo el mundo estuviera allí por una cosa, y todos tuviéramos ganas de hacer todo lo que pudiéramos para conseguirlo.

Todos estamos intentando ligar. Para tener suerte antes del Año Nuevo.

Para la misión de hoy, he optado por algo menos conservador que para la fiesta de la oficina. Un vestido ceñido multicolor y tacones de plataforma a juego. Sin medias. Nadie necesita medias con un vestido como éste. No puedo decidirme sobre si debería haber dejado la ropa interior en casa también. Sally está tan guapa como siempre, sacudiendo sus rizos rubios por encima del hombro y dedicándole a todo el mundo en el bar una buena mirada. Ella está de caza para ella misma al igual que para mí también. Al principio estamos en esto juntas, aunque yo seré la que haga el acercamiento y cierre el trato.

Pedimos un par de bebidas, preparadas para que esta fiesta funcione, cuando el chico junto a ella empieza a entrarle. Él también es guapo, así que ella le dedica unos treinta segundos de atención total antes de comprobar qué estoy haciendo. Le hago un gesto con la cabeza para que se lance. Yo tengo esto controlado. La atmósfera de este lugar parece contener más feromonas que oxígeno. Puedo sentir el calor y el deseo subyacente en la habitación, el epicentro de la cual parece ser la pista de baile.

Si no puedo encontrar un ligue aquí, no tendré éxito en ninguna parte.

Con mi bebida en la mano, escaneo la multitud en busca de caras que sobresalgan. No voy buscando el típico *tío bueno como todos los demás*. Yo quiero algo interesante... algo diferente. Un hermoso *extraño* cuya cara se quedará conmigo para siempre. Si nunca reúno el coraje para hacer esto otra vez, quiero un recuerdo que merezca la pena.

Aún no he encontrado nada, aunque alguien parece haberme encontrado. Fuerte loción de afeitar y pelo engominado. Parece estar en la treintena, con ojos oscuros y piel aceitunada con una ligera sombra de barba. El acento neutro no revela si sus orígenes son del sur de Europa o de lugares más lejanos. ¿Importa eso? Probablemente no. De hecho, creo que Sally podría realmente apreciar a éste, sólo que ella ya está bailando con el chico de antes.

Ella se lo pierde. Me encojo de hombros. *El exótico extraño* se ofrece a pedirme otra bebida y acepto encantada. Nos sentamos en el bar para una conversación forzada sobre la música. Es todo charla liviana; a qué te dedicas, eres muy guapa, ese tipo de cosas. Justo cuando está a punto de pedirme mi número de teléfono, me veo dominada por la visión de túnel. El ligero toque de sus dedos sobre mi brazo se desvanece de mi percepción y sólo hay una cosa en la que me puedo centrar: una cara familiar entre la multitud cerca de la entrada. Una cara que he visto en persona sólo una vez, hace demasiado tiempo, después sólo en fotografías que no podían hacerle justicia. La misma cara que me ha embrujado en mis sueños más íntimos y que hace que mi corazón lata más fuerte con cada memoria recordada.

Nuestros ojos se encuentran y mi corazón se para. Él también está congelado en el sitio, causando un poco de atasco hasta que uno de sus acompañantes le arrastra a otro lado, sólo un poco.

El número uno de *la lista*. Número uno en muchos sentidos, supongo. Es mi ex-virgen.

El exótico extraño aún está hablando, o lo estaba hasta hace un momento. No puedo concentrarme en él y rebusco en mi bolso de mano para encontrar la solución. "Lo siento, pareces agradable pero no puedo hacer esto," digo, mientras pongo un billete de cinco sobre el bar. "Esto es por la bebida de antes."

Él está a punto de protestar, pero ya me he bajado del taburete y me dirijo hacia el área general donde *le* he visto. Sally se reúne conmigo e intenta sacarme de mi trance.

"¿Qué pasa? Parece que has visto un fantasma."

"El chico... acabo de ver al chico. ¡El primer artículo en mi lista!" Me libero de su agarre y continúo metiéndome entre la multitud de la pista de baile, no totalmente segura de a donde me dirijo. Ya no puedo verle. La mano de Sal encuentra mi hombro otra vez.

"Jesús, Becks, ¿estás segura? ¿Dónde?" Me encojo de hombros en respuesta, empujando hacia delante mientras esquivo el errante brazo perteneciente a uno de los bailarines más expresivos. Ella sigue, haciendo progresos con dificultad.

"Tengo que hablar con él," digo. No estoy bastante segura de lo que diré, pero es importante que vaya allí. Sally sacude la cabeza y me dedica una de sus típicas sonrisas de lástima.

"Te has enamorado de ese tío, ¿eh?"

"No seas imbécil. Ve a bailar con tu hombre por ahí. O quédate con el que he dejado en el bar. Estaba bastante bueno también."

Ella se ríe rápidamente y admite la derrota, liberándome de su agarre, y moviéndose hacia delante pasando parejas que se restriegan contra los otros y los solteros saltando con el ritmo.

En el otro extremo de la pista de baile, cerca del escenario, veo un pequeño grupo de personas desempaquetando cajas. ¡Por supuesto! Ha venido con la banda, justo como dijo. Vaya una coincidencia épica que su amigo esté tocando en esta fiesta en particular.

Y ahí está él, sospechosamente mirándome cuando me hago visible.

"¡Hola!" Es todo lo que se me ocurre mientras aún recupero el aliento del shock inicial, así como mi viaje épico a través de la masa danzante.

"¿Qué tal?" Tras un primer vistazo, desvía la mirada a

un lado, no realmente a mí, lo cual me enfurece y me parece mono al mismo tiempo.

"Me alegra verte aquí." Fuerzo una sonrisa a través de mis nervios.

Él asiente hacia el bar, desde donde yo había venido.

"¿Tu marido?"

Me giro para mirar al Exótico Extraño en la distancia, aún mirando hacia donde yo había huido y dejé escapar una risa torpe.

"¿Quién? ¿Él? No. Es sólo un tío."

La cara del antiguo virgen se oscurece y finalmente me mira a los ojos.

"Un tío, ¿eh? Bueno, no dejes que te interrumpa... o lo que sea..."

"Tú no... yo..." Se me ocurre que quizás esta situación - yo apareciendo cuando él está con un puñado de sus amigos alrededor - podría ser extremadamente incómoda. Dios sabe si su enamorada aparecerá con su actual novio. ¿Cómo podría explicar quién soy yo? ¡Incómodo!

"Puedo irme si quieres," musito. La música ahoga mi voz.

"¿Qué?"

"Digo que si esto es raro, puedo irme."

"Tú fuiste la que no quería quedar nunca más, así que tú decides."

"Oh. No, está bien. Me ha excitado bastante verte entre toda esta gente. Una cara familiar."

"¿Y dónde está tu marido? ¿Te ha dejado sola en Nochevieja?" Él aún parece molesto, pero su tono sugiere que el objeto de su desprecio ha cambiado.

"Pues... es una larga historia. ¿Qué hay de esa amiga especial tuya?"

"Oh, ella ya está aquí."

Miro alrededor al grupo con el que había llegado y vislumbro a una chica bajita con pelo corto que está sacando un bajo rojo. Los ojos de él nunca me abandonaron, sin embargo.

¿Cómo es que cuando estaba haciendo progresos significativos con el extraño del bar, la mera visión del ex-virgen hace que sea imposible ignorarle? Ni el extraño ni la perspectiva de tachar otro elemento de *la lista*, ni Sal podían detenerme de venir aquí y ponerme en ridículo.

Él tampoco parece tener mucho que decir, así que sólo observo. Éste debe ser su estilo usual. Vaqueros y camiseta, aunque en este caso con el logo de la banda como todo el mundo en su grupo. Me doy cuenta que me gusta este look tanto como su ligeramente menos casual estilo de la última vez.

Su pelo se ve igual, un poco despeinado, pero de manera intencional. Y la perilla también está. Esa cara. Realmente es increíblemente guapo, a pesar de su hostilidad.

"¡Tío, échanos una mano!" grita una voz desde el escenario, y el ex-virgen se pone en acción. Me quedo por ahí cerca, mirándole ayudar a sus amigos organizarse. ¿Por qué ejerce él este efecto sobre mí? Todo lo que puedo pensar es en las cosas que hemos hecho: las reales en esa insulsa habitación de hotel, así como las que hemos hecho en mi imaginación. Estoy aterrorizada, pero su presencia aquí es de algún modo magnética.

LA LISTA

Una vez que todo está desembalado e instalado, mira hacia atrás para encontrarme aún de pie en el mismo sitio, esperando. Algunos de sus amigos también se habían dado cuenta de mi presencia por allí y se estaban intercambiando codazos y miradas.

Realmente no me importa lo que piensen los demás, así que si le molesta, tendrá que ser él el que se ponga en acción.

"Entonces..." empieza.

"Entonces."

"¿Qué estás haciendo realmente aquí?"

"No te estoy acosando, si es lo que quieres decir."

"No, estoy hablando del tío del bar. ¿Otra de tus pequeñas sólo-para-ti extra-conyugales experiencias?"

Miro al suelo, encogiéndome de hombros torpemente, la sangre agolpándose en mis mejillas. Si no supiera la verdad, pensaría que suena como si estuviera celoso. Con más probabilidad simplemente piensa que soy una puta infiel y no me gusta que me juzguen.

"¿Podemos hablar en otro sitio?" pregunto.

Capítulo Tres

Tras una mirada que parece durar una eternidad, asiente y le hace un gesto a sus amigos que volverá en un rato. Nos dirigimos hacia la salida, encaminándonos hacia el área de fumadores de fuera. Hacía tanto calor dentro del club que el aire helado se sentía agradable contra mis brazos desnudos. Pasamos por delante de un grupo de fumadores hacia una parte más silenciosa de la calle donde podemos tener algo de privacidad.

Había sido duro mantener las apariencias la primera vez, cuando ni siquiera le conocía. Ahora, tras revelar partes de nuestra verdadera personalidad en cada conversación desde entonces, es imposible. La verdad me está carcomiendo. Si no la dejo salir, podría partirme por la mitad desde dentro. A pesar de saber que la chica-duende de dentro ya me había derrotado, él seguramente merece saberlo.

"De hecho, no estoy casada," solté, los ojos fijos en la pared justo detrás de él.

Su cara palidece. *Yo y mi bocaza, ¿cuándo aprenderé a trabajar mi manera de decir las cosas?*

"Tú no... ¿Qué?" Me coge del brazo, obligándome a establecer contacto visual. Quiero huir, o al menos cerrar los ojos y desear que me hiciera invisible. Y aún así, ese toque... Me está incitando a desvelarlo todo.

"Soy soltera."

"Joder." Me suelta y se frota las sienes. Luego me mira otra vez con sorpresa escrita por toda la cara.

"¿Por qué no..."

"Cuando quedamos, había literalmente terminado una relación estable y no quería complicaciones. Así que fingí. Y no quería seguir en contacto para nada."

"Complicaciones, ¿eh?" De la sorpresa inicial, ha vuelto a parecer molesto otra vez. O quizás herido. Soy una idiota cuando tengo que interpretar las reacciones de la gente.

"Ya sabes... no quería liar las cosas. Quería algo de tiempo para averiguar lo que necesito hacer."

"¿Y lo has averiguado?"

Me encojo de hombros, sintiendo el pinchazo de lágrimas en los ojos. Seguramente, lo he arruinado todo ahora. Él nunca me va a perdonar que le haya mentido. Pero no pude quedarme callada. No pude mantener el engaño.

"No planeé esto. No pensé que fuera a suponer ninguna diferencia," susurro. "Estoy asustada."

"*¿Tú estás* asustada? ¿Qué cojones? ¿De qué demonios ibas a estar asustada?"

"Desde que... ya sabes... no he sido capaz de sacarte de mi cabeza y la he jodido, y ahora te has enamorado de otra chica y yo..." Respiro hondo, intentando asumirlo todo, pero se me escapa una lágrima y rueda por mi mejilla de todos modos. "¡Odio esto!"

Él me mira sospechosamente mientras me doy media vuelta, haciendo un buen espectáculo al intentar mantener mi maquillaje intacto. No sirve de nada. Las lágrimas caen libremente ahora.

"Vale. Deja que recapitule, para asegurarme de que no he malentendido nada."

Mi respuesta llega en forma de sollozo.

"No estás y nunca has estado casada."

Sacudo la cabeza.

"Eres *soltera*. Y toda la historia era sólo un modo de mantenerme alejado tras habernos acostado juntos. Para evitar un llamado *lío*."

"Haces que suene terrible."

"Desde mi postura, no sé como debo tomármelo."

"La gente hace estúpidas elecciones de vida cuando están de rebote. No quería salir de una relación condenada para tirarme de cabeza a otra. Jeff y yo nos juntamos cuando yo aún estaba viviendo en casa. Nunca había vivido sola y tenía que descubrir lo que significaría. Ser libre. Así que cuando empiezo a quedar con gente otra vez, no sé lo que estoy buscando."

"¿Y cómo te ha funcionado eso?"

"Para ser sincera, ha sido un jodido desastre."

Su mirada me hiela hasta los huesos y de repente me doy cuenta que estoy helada y la temperatura me está afectando también. Rodeándome con mis propios brazos, intento controlar tanto los escalofríos como las emociones que continúan inundándome.

"Bueno, de todos modos, eso es todo lo que tenía que decir. No que importe mucho. Como te dije la semana pasada, espero que te salga bien lo tuyo con tu amiga." Entre escalofríos, asiento hacia el club donde la chica-duende debe estar afinando su oh-qué-guay bajo ahora mismo. *Zorra engreída.* Ella probablemente continuará ignorándole mientras que él sufre en silencio por dentro.

"Lo tuyo tiene delito, ¿lo sabías? Vaya." Se ríe, no de manera alegre, sino de ese modo en el que la gente incrédula lo hace cuando quieren golpear algo. O a alguien.

"He dicho todo lo que tenía que decir. Ahora voy a entrar antes de que me muera por congelación." Justo cuando me giro, su mano coge la mía, y me detengo. No sólo porque es tan cálido que está haciendo que mis escalofríos empeoren, sino también porque desearía que no me soltara. "¿Qué?"

"Asumamos por sólo un momento que ahora me estás diciendo la verdad."

"Vale." Mis dedos tiemblan y se entrelazan con los suyos y él deja que pase. Es tan cálido. ¿Cómo está tan cálido a pesar del clima?

"¿Estás celosa de esa amiga que he mencionado?"

Estoy demasiado cansada de fingir o esconder mis auténticos sentimientos, pero tampoco estoy preparada para más drama, así que sólo asiento derrotada y miro fijamente el brillante pavimento.

"¿Y has estado pensando en mí? ¿Y es por eso por lo que has ignorado tu brillante plan de simplemente eliminar todo contacto?"

Asiento de nuevo y me encuentro con unos dolorosos segundos de silencio.

"¿Y si te dijera que esa amiga eres tú?"

Justo cuando estoy a punto de encogerme de hombros por defecto, el significado de sus palabras cala en mí.

¿La *amiga* soy yo? ¿No es la chica del grupo? Debo haber oído eso mal.

"No me jodas, ¿vale? ¡No seré capaz de continuar si sólo te estás quedando conmigo!" digo mientras busco la verdad en sus ojos.

Su ceño ha ido de confundido a herido a furioso previamente, pero ahora principalmente parece nervioso. Esa misma mirada que me dedicó en la habitación del hotel el mes pasado, cuando no estaba seguro de lo que esperar de mí.

"Siempre has sido tú," dice.

Estoy a punto de llorar otra vez, y el frío ha hecho que mi cuerpo se quede aletargado y poco cooperativo.

"Hablar es barato," exclamo, dando un torpe paso hacia él.

Él me rodea con sus brazos e instintivamente me refugio. En vez de alivio, estoy invadida por un montón de emociones confusas. Principalmente aún estoy sorprendida de que no haya otra *amiga*. También estoy enfadada conmigo misma por mantener esta estupidez tanto tiempo. Pero principalmente me siento culpable. He sido egoísta y estúpida y he herido a todo el mundo este mes pasado.

"Lo siento mucho," susurro.

Las lágrimas se niegan a parar, así que continúo escondida entre sus brazos. Su cara presionaba contra mi pelo y nos quedamos quietos por lo que parecía una eternidad.

Me gusta de verdad. Me ha gustado desde el momento en que leí su perfil y vi su foto. Él ya me había conseguido cuando le observé de pie en el cine, esperándome con esa expresión aterrorizada en la cara. Mi apego creció cuando me puso el brazo sobre los hombros durante la película que vimos. Estuve perdida para cuando nos quitamos la ropa y él pareció desnudar parte de su alma así como de su cuerpo. Sentía que sabía todo lo que necesitaba saber sobre él entonces. Lo malinterpreté por lujuria en ese momento, cuando realmente sentía otra cosa.

"Por favor, no me mientas otra vez." La vulnerabilidad en su voz me hace llorar otra vez. A pesar de planear la consumación de nuestras necesidades con la reunión inicial, yo le había usado. Debía darme vergüenza. No me merezco esta oportunidad.

El calor se cuela por nuestras ropas y me hace sentir pinchazos. Sus manos me acarician la espalda, dejando rastros de piel ardiente bajo mi vestido. A través de mi culpa subyacente, sólo quiero demostrarle que intentaré ser lo suficientemente buena. Busco sus labios con los míos, me agarro a él con fuerza, y expreso lo mucho que he pensado en él del único modo que sé.

"Ojalá lo pudiera borrar," susurro.

Su perilla cosquillea mi barbilla, pero no de mala manera. Me dirige contra la pared y estoy atrapada entre los fríos y bruscos ladrillos y él. Minutos más tarde, se percata del hecho de que yo tenía frío antes. Se me ha olvidado todo sobre eso, pero él tiene razón.

Cuando volvemos a entrar dentro, hago una rápida escapada al servicio de mujeres para acicalarme.

Parezco un desastre total con rastros negros corriendo por ambos lados de mi cara. Mientras hago lo que puedo con un trozo de papel higiénico, no puedo evitar distraerme por la pregunta de por qué el rímel resistente al agua nunca termina de ser resistente al agua del todo. La puerta se abre con un crujido y entra una Sally con expresión muy confundida.

"Becky, oye, ¿dónde has estado? Mierda, ¿estás bien?" Ella corre en mi ayuda y me ayuda a limpiar las manchas en las esquinas de mis ojos con otro trozo de papel.

"Sí, no te preocupes. Todo está bien."

"¿Qué ha pasado? Si te ha lastimado, ¡le cortaré los huevos!"

Eso me hace reír y ella se une.

"No, sólo estoy siendo estúpida como siempre. Sal, me gusta de verdad. Parece que también le gusto."

"Vale, entonces ¿por qué estás llorando?"

"Estaba. *Estaba* llorando. Bueno..." Dándome cuenta de que aún me quedaba para rato, siento que los ojos me arden una vez más. Pero intento contener las lágrimas.

"Es tan dulce y, como podrás imaginar, no es un *mujeriego.* ¿Y si después de explicárselo todo piensa que soy una completa puta y cambia de idea?"

"Becks, siempre hay una solución sencilla para eso. No se lo cuentes."

"¿No debería ser sincera? ¿Sobre todo lo que ha pasado: *la lista,* Craig?"

"Sé honesta sobre el aquí y ahora. Te gusta, le gustas. Eso es todo lo que necesitas. A él no le importa lo que hayas hecho antes. A los hombres les encanta sentirse especiales. Contarle con cuantos otros tíos has follado no va a hacer que consigas eso. Especialmente considerando que tú fuiste su primera vez."

Quizás tiene razón. Hay una fina línea entre la honestidad y el contar demasiado.

"Supongo que lo puedo intentar." Le sonrío mientras intento convencerme de que ella sabe de lo que está hablando. Si sólo pudiera ponerle un bozal a mi bocaza.

"¿Entonces me vas a presentar o qué?"

"¿Dónde está el tío con el que estabas? ¿No te está esperando?"

Sal ignora mi pregunta.

"Estaba empezando a aburrirme, de todos modos. Becks..." Ella me da palmaditas en el brazo y me ofrece otra sonrisa reconfortante. "Recuerda: siempre y cuando tus sentimientos sean genuinos, mantener algunas cosas para ti es perfectamente aceptable. Sólo le estás protegiendo, para que no malinterprete tus intenciones."

Aún cuando no estaba segura totalmente de que eso fuera aceptable, creo que es la única solución. Después de haberla jodido ya de manera espectacular, no podía arriesgarme a alejarle de mí ahora.

Tras un último vistazo, ambas decidimos que estoy preparada para enfrentarme al mundo otra vez. Ella pasa su brazo por el mío y dejamos el servicio juntas.

Capítulo Cuatro

Él está esperando junto a las puertas, sosteniendo dos pintas, y ve sorprendido que no estoy sola.

"Hola." Asiente con la cabeza a Sally, quien está sonriendo dulcemente con la cabeza inclinada hacia un lado mientras le mira de pies a cabeza sin vergüenza.

"Ésta es Sally..." digo, y luego me quedo bloqueada. *Mierda.* No sé su nombre. Él no sabe mi nombre. Esto es raro.

Él me tiende una de las bebidas y saluda a Sally - quien ahora me ha soltado - con un apretón de manos.

"He oído hablar mucho de ti," dice Sal. "Con detalles..." Ese último comentario hace que me entren ganas de partirle algo en la cabeza.

"Alex," se presenta él mismo. Por alguna razón se me olvida respirar. Él no tiene aspecto de Alex, ¿verdad? No estoy seguro, pero algo me dice que va a redefinir el nombre para mí desde este momento.

Tomo un trago nerviosamente, esperando que la cerveza me proporcione valor. No lo hace. Ojalá Sally se fuera ahora; ella le está mirando sin tapujos y ya resulta raro.

"Es una buena chica, Alex. No le hagas llorar otra vez." Sally me guiña un ojo y se dirige hacia el bar, señalando que deberíamos continuar.

"Lo siento. Ella puede ser... Bueno, ella es

simplemente Sally." Mis mejillas brillan; sin duda están rojo brillante. Maldita sea ella y sus modos vergonzosos.

Él me dedica una sonrisa y asiente.

"Umm, siento ser pesado, ¿pero podrías decirme tu nombre ahora?"

El surrealismo del momento rompe el hielo con éxito otra vez y me hace reír.

"Rebecca. Pero todo el mundo suele llamarme Becky." Brevemente me pierdo en sus ojos, antes de encontrar una respuesta adecuada. "Supongo que lo siguiente que querrás será mi número de teléfono también, ¿eh?"

"Eso me vendría bien, sí."

La música que previamente nos rodeaba se detiene abruptamente para favorecer el crujido del micrófono. Nos giramos para ver que el grupo va finalmente a empezar a tocar. Durante un rato permanecemos donde estamos, hacia el otro extremo del local, lejos del escenario. Me encanta como coloca un brazo a mi alrededor desde atrás. Justo como la primera vez. Estoy mareada por las mariposas en mi estómago y extrañamente relajada al mismo tiempo. Un suave beso en mi hombro intenta convencerme de que todo irá bien. Para cuando suena la tercera canción, nuestras bebidas se han terminado, llevándose cualquier duda restante lejos con ellas. Me giro y le beso de nuevo. Y de nuevo. Su abrazo es aparentemente lo único que me detiene de alejarme flotando. Da los mejores abrazos. Mis brazos me rodean el cuello, anclándome a él con más fuerza. No quiero soltarle. Ahora todo delante de mí es la realización de un sueño. Las chispas vuelan cuando nos besamos. Quiero llorar otra vez, y también me quiero reír. Quiero subir corriendo al escenario, robar el micrófono, y gritar que es guapísimo y le deseo. Le deseo, con todas las fibras de mi ser, ahora mismo.

Y sus besos no decepcionan. He sido horrible con él, y aún así él también me desea. La primera vez yo necesitaba llevar la iniciativa, pero esta noche no será necesario. Él no parece necesitar reafirmación más allá del conocimiento de que ha estado en mis pensamientos tanto como yo he estado en los suyos. Ambos sabemos exactamente qué hacer.

Mientras nuestras respiraciones se vuelven más rápidas, nuestras manos se mueven con una lujuria irresistible para recuperar el tiempo perdido. Estamos absortos en nuestro pequeño mundo de exploración táctil con los dedos y con la lengua, sin darnos cuenta del tiempo que pasa. La multitud de espectadores se mezcla con el fondo colorido de nuestra pasión. Mantenemos las cosas lo suficientemente decentes para evitar demasiada vergüenza, pero no dejamos de saborearnos, agarrándonos tan fuerte que podríamos convertirnos en uno.

Cuando finalmente me retiro, veo esos ojos borrachos de lujuria que han perseguido mis pensamientos desde el primer día en que le conocí. Quiero irme, y puedo ver que él también quiere. Ya hemos tenido un puñado de primeras veces juntos. Desde su primer beso hasta su primer polvo. Ahora mismo es nuestra primera noche saliendo juntos, nuestra primera sesión de darnos el lote en una discoteca, nuestro primer intento de convertirnos en una pareja en vez de simplemente ser una memoria compartida.

"Señoras y caballeros," el micrófono cruje otra vez. "Es casi la hora de despedir al aburrido año viejo y dar la bienvenida al nuevo."

Alex me mira, y yo le miro a él. Aunque un mes más tarde de lo que necesitábamos, ahora parece el momento perfecto para conocernos.

La cuenta atrás empieza de fondo. 10, 9, 8 - las televisiones se encienden - 7, 6, 5 - él sonríe y yo respondo - 4, 3, 2, 1 y vítores resuenan entre toda la multitud. Otras parejas se unen para besarse, los fuegos artificiales iluminan las parpadeantes pantallas alrededor de nosotros. Pero no puedo retirar la mirada de él.

"Feliz año nuevo," me dice sin hablar.

"El mejor año nuevo del mundo," respondo. Con suerte, este año será el primero de muchos que nos pertenecerán.

✳✳✳

Nos apresuramos para encontrar un taxi con las manos entrelazadas. Nos robamos miradas, pero de algún modo aún conseguimos uno de los pocos taxis que pasan. Le doy al taxista mi dirección y nos acomodamos en el asiento trasero.

"¿Eres de verdad?" pregunta.

Le beso, y después apoyo mi frente contra su mejilla.

"Sigo esperando a despertarme," continúa.

"Lo sé. No quiero que este momento termine."

Me rodea con un brazo y de buen grado me apoyo contra él el resto del viaje. Somos el retrato de la calma, mientras que entre bastidores, al menos, no estoy nada calmada.

Para cuando llegamos a mi casa, estoy más que preparada para dejarle entrar en mi vida y en mi propia cama. Dentro, nos quitamos los abrigos y los dejamos caer donde sea. Nos besamos como si el viaje en taxi haya durado horas, no sólo minutos, y tuviéramos tiempo que recuperar. Sólo sentir su cuerpo presionado contra el mío tan cerca está haciendo que mi deseo llegue a una escala de 11.

"Becky," susurra contra mis labios.

"Sí."

"¿Esto está bien?"

Me retiro y le dedico una mirada interrogadora.

"¿Está bien querer...?" se muerde el labio y me lanza una mirada ardiente. "Podría simplemente arrancarte el vestido y..."

La crudeza de su voz hace que se me ponga de punta cada pelo de mi cuerpo.

"¿Y si me quito el vestido de una pieza y tú te arrancas la ropa?" Le sonrío mientras desabrocho mi vestido mucho más despacio de lo necesario. Se apresura a quitarse la camiseta y empieza con los vaqueros. Le observo. Es difícil creer que estamos aquí, juntos. Espero que esto nunca se acabe.

Me dedica una mirada de lado, ligeramente divertida, mientras deja caer lo poco de ropa que le queda.

"¿Distraída?"

Me doy cuenta que estoy inmóvil con los brazos detrás de mi espalda para desabrocharme el sujetador, pero no haciendo ningún progreso.

"Lo siento. Sí," me pongo en acción mientras continúo disfrutando de la visión de él, desnudo, excitado. En poco tiempo, todas esas cosas con las que he podido soñar últimamente pasarán de nuevo en realidad. Él da un paso hacia delante y me agarra por el elástico de mis bragas. Se me olvida respirar mientras que él tira de ellas hacia abajo y ellas, también, caen al suelo.

"Eres aún más hermosa de lo que recordaba," dice.

Los mordisquitos por el cuello me vuelven aún más débil.

Le dirijo unos pasos hacia atrás donde está el sofá y se sienta, tirando de mí con él. Sentada a horcajadas sobre él, soy incapaz de resistir el acceso ilimitado. Descuidados besos interrumpen las caricias febriles. No puedo cansarme de todo lo que tiene en oferta. Si he aprendido algo desde que empecé a experimentar, es que menos no es más en cuanto se refiere a la forma masculina. Él es mi nuevo ideal. Mi nueva definición de sexy. No puedo imaginarme desear a otro tío más de lo que le deseo a él.

Es difícil decidir lo que acariciar, apretar, recorrer con mis uñas, o frotar con mi cara. Él es todo mío y tengo la intención de apreciar cada parte de él esta noche. Y mañana. Y la mayor parte del predecible futuro que él me permita.

Siento sus manos de manera increíble donde quiera que elige colocarlas. Me restriego contra él; su erección me toca en el sitio correcto. Le quiero dentro de mí, como nunca he querido nada antes. Ahora sabemos como funciona esto; ninguno de los dos necesita preocuparse o tener miedo de decepcionar al otro. Ya hemos pasado por eso una vez, y nos quedamos con ganas de más. Esa primera noche no alivió nuestros deseos, sino que los intensificó.

Él masajea mi trasero, clavando sus dedos en mi carne, y no me puedo resistir más. Cuando me incorporo para reposicionarme, me mira ahí abajo, observando como nos unimos. Su cara se retuerce con esa primera introducción en mi humedad. Se tumba hacia atrás, moviendo las caderas lo suficiente para establecer un ritmo y yo hago el resto.

Yo había estado chorreando desde el momento en que esos besos habían empezado, allá en la discoteca. Mi cuerpo grita por conseguir el orgasmo, pero no está al alcance aún.

En un intento desesperado por satisfacer ese deseo dentro de mis profundidades, aumento la velocidad, montándole con fuerza, sujetándome a sus hombros en busca de estabilidad. Está perdido en el momento, y ver su disfrute me da el poder de intentarlo con más fuerza.

Más duro. Más rápido. Mejor.

Soy poderosa, como si estuviera hecha para hacer esto con él o a él ahora. Obligarme a ir más allá de los límites normalmente impuestos por mi falta de energía parece fácil. Como el ser capaz de elevarme por encima de todo y permitir que otra persona controle mi cuerpo.

Este estado de ensueño en el que me encuentro es

momentáneamente interrumpido por su voz. Sus gruñidos, señalando que está llegando al clímax hacia el que he estado trabajando. Mi único objetivo es llevarle más allá del límite. Sus dedos sujetan mi cadera con fuerza. Sus ojos brillan verdes oscuro, pero sólo por un segundo. Está preparado.

En un esfuerzo final hacia la meta, le doy todo lo que tengo. Me llena, me completa. Me restriego hacia abajo y él se estremece ligeramente, aunque parecía que cada músculo de su cuerpo está intentando mantenerse lo más rígido posible.

Él grita una última vez antes de hundirse de espaldas en el acolchado respaldo con paz bendita iluminando su cara. Sorprendida de que durara tanto, él continúa impresionándome.

Estoy momentáneamente saciada también. El cansancio se impone. Me rodea con sus brazos y me acurruco contra él, esperando a que mi respiración se haga más lenta.

"Durante todo eso, se me olvidó," suspiro.

"¿El qué?"

"Condón."

Él se sorprende. "Mierda. ¿Y ahora qué?"

"Si tú estás seguro, yo también. Lo siento, debería haber sido más cuidadosa. Esto nunca me ha pasado antes. Dejarme llevar tanto." Debería estar preocupada, incluso arrepentirme de esta irresponsabilidad, pero mis sentidos parecen atontados y confusos.

Él parpadea varias veces, se retira un mechón de pelo húmedo de la cara y se lo coloca detrás de la oreja.

"Entonces debería estar bien. No hay nada de lo que preocuparse por mi parte." Su cara aún tiene una expresión ligeramente sorprendida, a pesar de sus palabras reconfortantes.

"Por si te lo estás preguntando, no, no voy a estar embarazada o algo así."

Él sonríe, y yo también.

"Vale. Es raro tener que preocuparme por cosas así de repente."

No puedo evitar distraerme otra vez. Sus ojos siguen sosteniendo mi mirada. Sus labios me invitan a saborearle. Así que me rindo, con pequeños besos al principio, mientras que le veo mirarme.

Pronto, me doy cuenta que las cosas se están volviendo pringosas, así que me obligo a interrumpir nuestro pequeño momento. "Ahora vuelvo."

Él asiente y se estira perezosamente. "Estaré en el dormitorio, si puedo encontrarlo."

Mientras recojo los restos del modelito de la noche del suelo, él sigue y yo señalo hacia el dormitorio. Él no pierde la oportunidad de darme una palmada en el trasero desnudo mientras paso.

"¡Oye!" Él ya se ha ido para cuando me giro.

Lo último que oigo antes de cerrar la puerta del cuarto de baño es su risa. Travieso bastardo.

Capítulo Cinco

Cuando entro en la habitación, aún estoy extasiada de tenerle aquí, de haber dejado atrás todas las mentiras y los fingimientos. Alex, quien se ha acomodado bajo las sábanas mientras tanto, se ha quedado en silencio.

"¿En qué estás pensando?" pregunto, luego inmediatamente desearía haberme mordido la lengua en vez de dejar que la pregunta más molesta del mundo se me escapara.

Él no contesta, sólo mira alrededor de la oscurecida habitación. Ahora todo es un poco extraño que, al menos, algunos de nuestros deseos se hayan cumplido. Ninguno de los dos esperaba que la noche terminara así.

"Umm, ¿Becky?" Se gira, revelando un ceño preocupado.

"¿Sí?"

"No quiero ser difícil..."

Mi pulso empieza a acelerarse, no estando segura de a donde va esta conversación.

"¿Qué ocurre?" Él no se está arrepintiendo ya, ¿verdad? Me quedo imaginándome los peores escenarios mientras espero su respuesta.

"Sé lo que significa querer algo tanto y aún así nunca conseguirlo. Pero eso es todo. Ahora tengo la oportunidad de hacer que las cosas funcionen, pero me preocupa joderla."

"Lo entiendo."

"¿Sí? Has estado con el mismo tío durante años antes de esto. Ya has aprendido como funcionan las relaciones, como compartir. Principalmente sé como hacer mis cosas mientras me quejo sobre lo injusta que es la vida."

"¿Y qué? Ya lo averiguaremos." Claro que entiendo ahora. Ambos hemos recorrido un largo camino desde nuestro primer encuentro, pero eso era sólo sexo. El antes y el después es aún un misterio que necesita solucionarse.

"Parece que absolutamente todo está dirigido a esto. Y no estoy segura de lo que sucede después."

"¿Qué quieres que suceda después?"

Todo esto está muy cercano a un déjà vu. No hay modo de que esto fuera a suceder suavemente, con los dos instintivamente por el buen camino. Él sospecha que yo tengo ventaja, pero yo tengo bastante equipaje del que no tiene ni idea.

"Si me quedo, ¿prometes que no cambiarás de idea por la mañana?"

Sacudo la cabeza e intento tranquilizarle con una sonrisa.

"¿Tú tampoco?" pregunto.

"De ninguna manera." Suspira. "Siento haber sacado el tema."

"Es mejor haberlo sacado," digo y dudo antes de continuar. "Aunque también necesito preguntarte algo."

"Dispara."

Es mi turno de asustarme, porque la respuesta que me espera podría no ser lo que quiero oír.

"¿Por qué me deseas aún? A ver, he sido horrible contigo. Te he mentido."

"Estás de broma, ¿verdad? Me has dado esperanza."

"Supongo que siento que te he usado. Estuvo mal."

Él deja escapar una risa.

"Ésta debe ser una de aquellas brillantes cosas de percepción masculina-femenina de las que la gente habla. Estarías devastada si alguien te usara. A mí me molestó que no durara más tiempo, pero estaba contento de que al menos alguien quisiera sexo."

"Esa última parte no va a cambiar." Sonrío y me inclino entre sus brazos. "Todavía quiero sexo también."

Se pone serio otra vez y me mira a los ojos durante un rato, durante segundos sin fin.

"Si no hubieras acordado reunirte conmigo, no sé... estaba a punto de rendirme. Pero incluso si no nos hubiéramos encontrado hoy, aún habría querido la experiencia contigo."

"Mejor haber perdido..." suelto.

"Que nunca haber amado. Sí." Mis nervios enloquecen cuando digo la palabra que empieza por A. ¡No estamos aún preparados para ese tipo de conversación!

"Última pregunta," intento que la conversación siga adelante.

"¿Sí?"

"No está interesado en mí sólo porque ocurre que he mostrado interés, ¿verdad? Quiero decir... que si hubiera otra chica, ¿preferirías estar en su cama, diciendo el mismo tipo de cosas?"

Sacude la cabeza, dudando por un momento. "Otras chicas han contactado conmigo a través de mi perfil de Fetlife recientemente..."

Me falta el aliento, y le miro fijamente, asustada de averiguar a donde va a llegar esto.

"No quise quedar con ellas. No después de esa noche contigo."

Sin saber qué decir, decido que es mejor no decir nada. Mientras he estado intentando seguir con mi idea de la lista, ¿él me ha estado siendo fiel? Esto no está ayudando a mis previos sentimientos de culpabilidad, y aún así confirma lo que Sally había aconsejado: él no debe saber nunca nada sobre Craig.

"Eso significa mucho para mí," susurro.

Joder, soy una persona horrible. Pero ése es mi problema, no el suyo.

Mejor hago lo que Sally sugirió. Centrarme en el aquí y ahora, en mis sentimientos por él, en sus sentimientos por mí. No me queda duda de que es genuino. Al menos puedo encontrar solaz en saber que mis intenciones también lo son.

"¿Te apuntas a una segunda ronda?" Me guiña el ojo y tira de mí para darme un abrazo muy necesitado.

"Siempre."

Los besos y caricias invitan a mi previa excitación a volver, lo cual es suficiente para que casi me haga olvidar. Para cuando caemos en la cama tras mi orgasmo, mi mente está tan nublada que la culpa casi se ha desvanecido. Decido que debo ser fuerte por él y no rendirme a mis deseos usuales. Si necesito desahogarme sobre mis preocupaciones, sobre todo lo que he hecho mal, debería ser con Sally.

***

Su brazo pesa mucho sobre mi pecho, pero no me muevo directamente. La respiración regular me dice que aún está dormido, así que sigo escuchando. Me alegra que se haya quedado. Después de todo, y a pesar de toda la confusión y las preocupaciones de antes, estoy feliz de que hayamos dado nuestros primeros y temblorosos pasos hacia convertirnos en pareja.

Él está asustado, por supuesto que lo está. Esto es raro para los dos. No te expones ahí para estar con otra persona todos los días. Especialmente cuando las apuestas están tan altas. Sin contar el chico con el que perdí mi propia virginidad en el instituto, Alex es mi segundo amante real. Al menos espero que aún seré capaz de llamarle así una vez que la sensación rara se haya pasado.

Soy su primera vez. Por supuesto, todo esto empezó porque yo quería que empezara. Pero no planeé que llegara a algo más lejos de una simple noche. Supe entonces que las cosas no serían mucho más fáciles para él más allá de *la primera vez*. El sexo sería la parte fácil, y nunca pensé que compartiría las dificultades que vendrían después.

Todo esto debería aterrorizarme. Debería hacerme dudar de si esta relación vale la pena. Racionalmente me doy cuenta que debería estar ahí fuera intentando atrapar al equivalente moderno de un atrevido cazador-recolector que luchara contra las bestias salvajes por mí, y que me protegiera de todo mal. Nosotras, como mujeres, estamos condicionadas desde una tierna edad para sólo querer machos alfa.

Aún así, no estoy asustada. Él tiene todo eso en su interior, aún cuando no siempre lo demuestra. Una vez que se acostumbre a la idea de que estamos en esto juntos, todo tiene que solucionarte por si mismo.

Cuidadosamente uso mi mano libre para buscar el reloj de la mesilla de noche. Las seis de la mañana. Girando la cabeza, le observo durante un rato. Su cara - completamente en reposo ahora - es lo que inicialmente me atrajo principalmente. Superficial, lo sé, pero cierto aún.

Él piensa demasiado, aunque ahora mismo sus rasgos no demuestran nada. Quizás ahora estoy pensando demasiado.

Se estremece y se tumba sobre su espalda, liberándome de su abrazo. Pero la respiración continúa al mismo ritmo calmado de antes.

Me pregunto si me acabo de despertar porque tengo sed y me deslizo fuera de la cama. En mi camino de vuelta de la cocina, veo mi diario y mi pequeña libreta sobre la mesita. Mejor guardo esas cosas y las quito de en medio. El diario va dentro del cajón y la libreta... la abro por la página de *la lista*.

~~Virgen~~

~~Madurito~~

LA LISTA

Extraño

Trío

Parece que no voy a necesitar eso nunca más...

Tras arrancar la página y hacer una bola con ella, apunto a la papelera al otro lado de la habitación y entro de puntillas en el dormitorio. Cuando estoy otra vez bajo las sábanas, me coge del brazo y me acerca más detrás de él.

He echado de menos esta cercanía. Antes de que las cosas se fueran a la mierda con Jeff, ya había pasado una eternidad desde que dormíamos así. Mirando en retrospectiva, ésas deberían haber sido las primeras señales de que las cosas no iban bastante bien entre nosotros.

Siguiendo esa lógica, ahora mismo, todo debería ser perfecto.

Trío

Capítulo Uno

En un día y una noche locas, inauguramos todas las habitaciones de mi pequeño piso. Nos besamos hasta que nuestros labios nos quemaban al rojo vivo, e hicimos el amor hasta que nuestros miembros parecían hechos de plomo.

Pero ahora, en este primer día de trabajo del nuevo año, todo eso debe terminar. La normalidad se establecerá. El agua caliente me golpea la cara y me recorre el cuerpo, relajando mis músculos por donde pasa. Hoy va a ser un día duro. Aún así, al menos tengo mucho de lo que hablar con Sally. Me pregunto como será el nuevo lugar de trabajo, sin embargo, y si van a ser tan fáciles de tratar como Craig. Voy a echar de menos a Craig, y nuestras pequeñas conversaciones sobre una taza de té.

"Becky, el teléfono está sonando. No sé quién es." Alex llama a la puerta para hacérmelo saber y con seguridad puedo oír el distintivo sonido del auricular a través de la puerta del cuarto de baño.

"Estoy toda enjabonada. ¿Puedes cogerlo?" ¿Quién me estaría llamando a esta hora? ¿Sally? Improbable, ella me mensajearía en vez de llamarme.

Me enjuago el champú del pelo mientras intento relajar mis hombros y cuello bajo el chorro de agua.

"Um, ¿Becky? Creo que deberías contestar." Alex llama otra vez. Qué demonios. No soy una persona que tenga un buen despertar, y no puedo imaginarme qué puede ser tan urgente para ni siquiera dejarme ducharme en paz.

"¡Voy! ¡Un minuto!"

Cerrando el grifo del agua un tercio antes de mis normales quince minutos de tiempo de ducha, cojo una toalla y voy de puntillas hacia la puerta en un intento por limitar el goteo. Alex, en vez de disfrutar de la visión de mi cuerpo escasamente cubierto con una toalla, parece incómodo y distraído.

"Tu madre." Me tiende el teléfono como si tuviera prisa por deshacerse de él. *Mierda.*

"¡Hola, mamá, no esperaba tu llamada esta mañana!" Intento sonar alegre, pero estoy sintiéndome posiblemente más incómoda que Alex.

"Cariño, tengo la sensación de que estoy interrumpiendo algo." Su tono me irrita. Ella nunca se ha sentido tímida sobre mostrar su desaprobación.

"Me estoy preparando para irme al trabajo."

"Ah, sí, el nuevo trabajo. Volví de mi viaje anoche así que pensé en desearte feliz año nuevo y desearte buena suerte para tu primer día."

"Gracias, feliz año nuevo para ti también. Espero que te hayas divertido en... ¿dónde?"

"Egipto. Sí. Ha sido mágico."

El silencio que le sigue es aún más incómodo porque temo saber el tema que va a sacar a continuación.

Lo siento, Ie digo en silencio a Alex, quien aún parece incómodo.

"Dime, Rebecca..." Mamá sólo me llama así antes de una reprimenda. "¿No crees que es un poco pronto? Tan sólo acabas de tener tu pequeña pelea con Jeff."

"Mamá, eso fue en octubre. Y no fue una pequeña pe..."

"Bueno, no creo que estés pensando claramente."

Suspiro. Ella no escucha. Nunca me escucha.

"De todos modos, estoy planeando visitarte la semana que viene. Así que quedemos para almorzar el sábado. Trae al chico nuevo si tienes que hacerlo. Pero realmente no creo..."

"Mamá, tengo que terminar de arreglarme para el trabajo o llegaré tarde. El sábado de la semana que viene está bien. Te enviaré un mensaje de donde y cuando reunirnos."

"Vale. Adiós, cariño." Click.

Ugh. Esto sí que es una mañana arruinada.

"Vaya, pues tu madre parece ser todo un personaje. Ella me seguía llamando Jeff una y otra vez, incluso después de que me presentara a mí mismo."

"Oh dios, lo siento mucho. No esperaba que llamase tan temprano."

Él intenta sonreír y me quita el teléfono de la mano.

"Realmente vas a llegar tarde tu primer día a este ritmo."

"Mierda, tienes razón. Gracias." No sé si siquiera debo mencionar el plan para almorzar. Si la anterior llamada telefónica fue incómoda, el almuerzo con mamá será insoportable. No estoy segura de poder someter a Alex a eso; al menos no todavía.

Me sigue hasta el dormitorio mientras rebusco en mi armario para encontrar ese especial conjunto de primer día. Honestamente, cualquier falda vieja combinada con una blusa será suficiente, sin embargo. Prefiero impresionarles con mi trabajo antes que con mi sentido del vestir.

"Así que el sábado..." dice Alex mientras se pasa la mano por la barbilla. "¿Entiendo que ya no estás libre entonces?"

"Almuerzo. Con mi madre. Ella dijo que podías venir, pero no creo que eso sea... inteligente."

"¿No quieres que conozca a tu madre?"

"No, no. Es sólo que será dolorosamente incómodo."

Rápidamente me pongo la ropa y me peino mientras él continúa observándome.

"Esta noche debería probablemente aparecer por mi casa. No es lo ideal, volver a estar con mis padres, pero no tengo elección hasta que consiga un trabajo," Alex suena triste. Debe ser duro estar sin trabajo. Sus padres suenan agradables y fáciles para convivir; después de todo, tiene la vida de familia perfecta en funcionamiento. Pero aún no estoy segura de que pueda esperar a vivir por su cuenta.

"Sobre eso, hablaré con mi antiguo jefe para ver si quiere entrevistarte."

"Gracias. Te llamaré."

"Si tú no lo haces, yo lo haré." Nos sonreímos durante un momento, compartimos un ligeramente doloroso beso y me marcho. Él va a irse de mi casa cuando esté preparado.

✳✳✳

"Sal!" grito, intentando alcanzarla.

Ella se gira y me da un cálido abrazo.

"¡Becks, al fin! Excitante, ¿verdad? Es el primer día de un nuevo capítulo de nuestras vidas." Ella sonríe y me agarra del brazo mientras caminamos hacia el enorme edificio con fachada de cristal. A medio camino, grandes letras plateadas y azules deletrean el nombre de nuestro nuevo empleador: Aspect Technologies. Esto supone de hecho un cambio de nuestro antiguo lugar de trabajo.

Entramos y soy perfectamente feliz de dejar que Sally guíe el camino. Ella sabe a donde vamos, o al menos tiene mucho éxito fingiendo hacerlo.

Cuando salimos del ascensor en lo que espero sea el piso correcto, ella espía una cara familiar y saluda con la mano. El hombre con el traje que le sienta perfecto, con un pelo aún más perfecto, se acerca y nos estrecha primero su mano, luego la mía.

"Buenos días, Sally... y tú debes ser Rebecca. Soy Mark. ¡Encantado de conocerte! Y bienvenidas."

Alto, ancho de espaldas, y atlético, al igual que impecablemente vestido. Puedo ver por qué Sally se había mantenido en contacto con él: es totalmente su tipo. Y aún así, no estoy segura de por qué ella ha continuado queriendo tenerle cerca desde la primera vez que se conocieron. La forma en la que él la mira sugiere que a él también le gusta ella. ¿Puede que esté casado?

"Gracias. Por favor, llámame Becky. Tenéis una bonita oficina aquí," apunto y devuelvo su sonrisa antes de que su mirada se distraiga por la presencia de Sally otra vez. Sí, a él definitivamente le gusta ella.

"Pues sí. Estoy segura que te sentirás en casa en nada de tiempo, Becky. Mi ayudante, Cath, hará que os instaléis. Tengo unas cosas que hacer esta mañana."

Tan pronto como Mark menciona su nombre, una mujer que debe ser Cath se nos acerca y también nos saluda. Antes de que pase mucho tiempo, nos ha enseñado toda la planta de la oficina y nos ha dado carpetas con documentación importante de Recursos Humanos y tazas de papel de té. O en el caso de Sal, de café.

Nuestros escritorios están uno junto al otro, como había esperado. Mientras averiguaba donde estaba todo, Cath se excusó antes de volver a su mesa junto a la oficina de Mark. Se nos ha prometido algo de tiempo para leer el corto manual de entrenamiento antes de que alguien de IT venga y nos configure el correo electrónico. Más tarde esa mañana, aparentemente, Mark nos dará una corta presentación sobre el negocio, y otro colega nos entrenará más por la tarde. No tengo tiempo para enviar mensajes descarados a Alex, ni para tener una sesión de charla con Sally, hasta mucho más tarde.

✶✶✶

A la primera oportunidad que tengo, como está prescrito por las reglas de nuestra oficina, me conecto a mi correo privado a la hora del almuerzo y le mando un rápido email a Craig preguntándole como va todo por ahí. Responde inmediatamente en su normal estilo de trabajo: corto, sin palabras malgastadas, y aún así profesional. Creo que es duro sin ninguna de nosotras. Le sugiero Alex como un posible sustituto. Claro que él necesitará entrenamiento, pero realísticamente, también lo necesita todo el mundo. Craig va a pensar en ello. Tan pronto como termino, Sally sugiere que comprobemos el área local en busca de opciones para almorzar.

Aparentemente, Cath le ha hablado de los cafés y lugares de comida para llevar cercanos que nos podrían gustar. Para cuando consigo algo de comer, veo que tengo tres mensajes por leer esperándome en el móvil. Alex...

Él se está yendo de mi casa ahora y se pregunta como me van las cosas...

De una hora más tarde: *Se está preguntando cuando podemos volver a vernos, quizás pasado mañana, después de que salga del trabajo...*

Otros treinta minutos más tarde: *Acerca del sábado de la semana que viene, ¿de verdad no quiero que venga a almorzar con mi madre o qué...?*

Tecleo furiosamente una respuesta mientras que Sal está ocupada mirando su Facebook en su propio teléfono entre bocados de los sándwiches que hemos comprado. Seguro que Alex ha estado pensando mucho en mí, lo cual es dulce. Pero parece que quizás también ha estado pensando más de la cuenta.

El plan de almuerzo del sábado no es algo que pueda rechazar. Pero si yo fuera él abrazaría la oportunidad de evitarlo.

Pasado mañana: ¡un sí definitivo a encontrarnos! Almuerzo con mi madre: depende de él, pero yo misma no querría ir, excepto que tengo que hacerlo. También le hago saber que he tenido una rápida conversación con Craig sobre él.

Cuando dejo el teléfono, veo que Sally me observa atentamente, su cabeza ladeada hacia un lado, con una taimada sonrisita en la cara.

"Entonces ahora sois novio y novia, ¿eh? Qué bonito." Su tono sugiere diversión, así como un toque de sarcasmo.

"Sí. Tú deberías intentarlo alguna vez."

Ella pone los ojos en blanco ante mi sugerencia.

"Creo que me gusta mi vida como es, muchas gracias." Ella aún está sonriendo. A su manera, sé que ella está feliz por mí, aún cuando nunca nos entenderemos completamente.

"Entonces dame los detalles. ¿Cómo fue tu Año Nuevo después de que te escaparas con el chico?"

Cuando dudo por un momento, ella me da con el codo. Cuando ella dice *detalles,* ella realmente quiere decir *detalles.*

"Digamos que no hubo timideces sobre nada de lo que hicimos una vez que llegamos a casa." Tomo un sorbo de mi té más largo de lo necesario, sólo para torturarla un poco.

Finalmente, me rindo y se lo cuento casi todo. De ningún modo iba Sal a dejarnos volver a la oficina si no lo hacía.

"No suena mucho como un virgen. Debes haberle enseñado muy bien." Sally me guiña el ojo y se limpia las esquinas de la boca con la servilleta, antes de colocarla sobre su plato ahora vacío.

"No había mucho que enseñar, honestamente. Es el

amante más atento del mundo."

"Que tú sepas."

"No puedo decir que haya experimentado un ejemplar del mismo tamaño que tú, pero estoy satisfecha."

"Ajá."

"Eso me recuerda algo... ¿Cuál es la historia completa entre tú y Mark? Del modo en que te mira sugiere que realmente le gustas... Además, está super bueno."

Sally se encoge de hombros y se prepara para levantarse, evitando la pregunta con un gesto exagerado mirando la hora en el reloj. Me apresuro a seguirla, salimos, y volvemos a nuestra nueva oficina.

"¿En serio? ¿Nada? ¿Después de haberte explicado escena por escena como Alex y yo bautizamos todo el apartamento?"

"No lo sé. Está bien, supongo. Pero no estoy preparada para atarme a sólo un hombre. Al menos no todavía." Con eso, Sally termina de hablar.

Supongo que ésa era una respuesta predecible. Si le hubiera preguntado por sus medidas y sus estadísticas de ejecución, ella lo habría contado todo. Pero por alguna razón realmente odia todo lo demás. Las emociones. Los lazos que puedan atarla en lugares incómodos y dolorosos. Me pregunto si descubriré alguna vez por qué se siente así.

Capítulo Dos

Cuando me encuentro con Alex otra vez, es después de llegar a casa mi segundo día de oficina, justo como acordamos durante nuestros numerosos mensajes y larga conversación telefónica. Dice que ha estado esperándome 'sólo un minuto', pero soy escéptica. Me descubro ruborizada, mirando fijamente el ramo de rosas que me ha traído, antes de pensar en abrir la puerta.

"¿No te gustan?" De algún modo, menos de cuarenta y ocho horas separados ha hecho que las cosas sean un poco incómodas de nuevo. Aún todo parece tan nuevo y frágil.

"Me encantan. ¡Gracias!" Le dedico una amplia sonrisa y me inclino para darle un beso al que inmediatamente responde. Las cosas pueden ser frágiles, pero también hermosamente simples.

"Pensé que debería traer algo. Técnicamente, ésta es nuestra tercera cita, dependiendo de como cuentas estas cosas."

"No estoy segura de como se cuenta eso. En realidad no he tenido muchas citas..." Y no recuerdo la última vez que alguien me regaló flores, excepto los días en los que la cultura popular lo ha hecho casi obligatorio."

"Ya somos dos."

Nos retiramos hacia mi salita para nuestra muy poco tradicional segunda o tercera cita - dependiendo de como se cuente eso. Al parecer a él le gustaría hacerme la cena. Es un gesto dulce, considerando que no me he sentido muy motivada después de trabajar todo el día. Mi cabeza aún está dando vueltas con todas las cosas nuevas que nos han intentado enseñar a Sally y a mí.

Estar cerca de él tras un corto tiempo separados, capturando su inconfundible aroma en el aire me hace querer saltarme la cena y pasar directamente al postre. La versión más débil de su aroma que ha estado impregnada en mi almohada desde nuestra última 'cita' me ha servido de compañía la noche pasada, haciéndome desear más de él.

"¿Qué?" pregunta, notando que le estoy mirando fijamente.

"Suena tonto, pero te eché de menos anoche."

Deja de comprobar los escasos contenidos de los armarios de mi cocina y se vuelve hacia mí. Me observa por un momento mientras intento desabrochar las tiras que sujetan mis zapatos de tacón.

"Yo también."

Cada vez que dice algo dulce, me derrito.

Incluso esa primera vez, cuando estuvimos haciendo un papel durante nuestra primera noche juntos, y le pregunté lo que me diría si estuviera intentando ligarme... Y aunque él hubiera estado sólo actuando, aún tuvo un efecto innegable. La sinceridad le rodea, un punto de vulnerabilidad, como si aún estuviera preocupado por como podría responder yo.

No pongo en duda que me haya echado de menos de verdad. Quizás incluso más de lo que yo a él.

Cuando sujeta mi cara entre sus manos, no puedo soportar mantener el contacto visual. Nunca me había sentido así. No lo creo. Al menos no lo recuerdo de mis primeros días con Jeff, que parecía haber sucedido en otra vida.

Tan implicada tras una breve temporada. Y para variar, yo soy la de los secretos.

"¿Qué pasa?" susurra.

Sacudo la cabeza y me permito ahogarme en sus ojos otra vez.

"Sólo bésame. Es todo lo que quiero."

Me dedica una sonrisa, lo cual inmediatamente me alegra.

"*Eso,* puedo hacerlo."

Estoy preparada para explotar, de risa o en lágrimas. No estoy segura. Sus labios son tan suaves que podrían hacerme llorar. El dulce sabor de su lengua me trae aún más recuerdos.

Reposa su mano sobre mi cintura y me dirige contra el frigorífico, presionándose contra mí mientras devora mi cuello y el poco de piel expuesta por el cuello abierto de mi blusa. Es obvio que él está tan afectado como yo.

Empiezo a desabrochar mi blusa, pero él me detiene.

"No." Sacude la cabeza y sujeta mis dos muñecas con una de sus manos para enfatizarlo. Sujeta en el sitio, con impotencia, con mis brazos ahora firmemente sujetos sobre mi cabeza, espero a ver lo que ha planeado para mí. Alarga su mano a mi alrededor y baja la cremallera de mi falda, dejando que caiga hasta mis tobillos. Entonces recorre su mano libre arriba y abajo de mis caderas, explorando las diferentes texturas de mis sencillas medias de oficina hasta la suave blusa de seda, y debajo de ella.

Sus dedos dejan estelas de escalofríos sobre mi piel, que continúo sintiendo incluso después de que su atención haya cambiado de sitio. Entonces me libera de su agarre, dejándome esperando.

"Ahora quítatela." Su voz es primitiva, llena de necesidad.

Nuestra relación puede que haya empezado conmigo firmemente al mando, pero no puedo negar que esta nueva dinámica es extremadamente sexy. Así que obedezco, desabrochando mi blusa y tirándola al suelo mientras él mira con su mano derecha dentro de los pantalones.

Desabrocho mis zapatos de tacón y los aparto de una patada, luego me libro de cada último trozo de tela que aún me cubre: ropa interior, medias. Su mirada recorre de arriba a abajo mi figura desnuda, aparentemente incapaz de centrarse. ¿Le complazco?

Es raro estar completamente desnuda mientras él aún está vestido, pero me está poniendo más cachonda, así que no me quejo. Hace calor aquí, y aún así tengo la piel de gallina. No por mucho tiempo, espero.

"Vuélvetelos a poner." Señala mis zapatos con la cabeza.

Me agacho profundamente para recogerlos y él no puede resistirse a tocar mi firme trasero. Sus manos sujetan mis caderas, apretando impacientemente. Tan pronto como me he vuelto a abrochar los zapatos, deja caer sus vaqueros lo suficiente y me dirige contra el mostrador.

Agarrándome al borde de madera con ambas manos,

espero a que él se sitúe detrás de mí. No hay necesidad de más juegos previos. Estoy chorreando y ya he visto que él tiene una erección por su impresionante tamaño. Me penetra con confianza, metiéndomela profundamente hasta que la tiene completamente dentro. Suelto un jadeo involuntario.

Entrelaza sus dedos en mi pelo y yo me agarro al mostrador, intentando mantener mis piernas rectas y mi trasero empinado, a pesar de su empuje continuado. Mientras estoy demasiado ocupada sujetándome, él tiene barra libre con mi cuerpo, tirando de mi pelo lo suficientemente fuerte para que sea sexy, arañando mi espalda con sus uñas.

No hay nada aprendido sobre sus acciones. Esto no es una copia barata de algo que ha visto alguna vez en una película porno. Es puro y básico instinto.

Nuestra respiración se acelera, el sudor empieza a cosquillear mi nuca. Se inclina sobre mí, alcanzando mis ansiosos pezones al fin. Antes estaba cansada, pero ahora me estaba acercando a esa felicidad post-coito que te recorre el cuerpo, algunas veces sin necesidad de un orgasmo.

Entonces se retira, me coge de la mano, y me aleja del mostrador.

"Quiero ver tu cara cuando me corra dentro de ti." No me mira directamente cuando habla, excepto por un segundo al final, cuando su mirada se encuentra con la mía.

Un escalofrío me recorre cada centímetro de mi piel.

"Sí," susurro. *Yo también quiero ver tu cara.*

Él aún está vestido, lo cual me frustra. Tiro de su camiseta mientras él me guía por toda la salita en busca de un lugar adecuado, pero lo ignora.

"¿Dormitorio?" sugiero.

Sacude la cabeza e inspecciona la desordenada mesa de comedor delante de nosotros. Barriendo el montón de revistas y facturas rápidamente con el brazo, me dedica otra de esas miradas: él no se anda con chiquitas. Con mi culo parcialmente encima de la mesa, me separa las piernas y me penetra de nuevo. Me agarro a él con ambos brazos alrededor del cuello y disfruto de como instantáneamente continúa su anterior ritmo furioso.

La cara de Alex se tensa, con gotas de sudor apareciendo en su frente. Mi cuerpo entero parece centrado sólo en una cosa: placer, tanto el suyo como el mío. Él sigue follándome, obligándome a abrir mis piernas todo lo que dan de sí. Sus dedos se hunden profundamente en la carne de mis muslos, y puedo sentir como crece más y más excitado dentro de mí, lo cual aumenta mucho más mi propia excitación. Con cada empuje, me golpea profundamente, añadiendo dulce potencia a la explosión hacia la que nos estamos dirigiendo inevitablemente.

"Nena, ¿estás a punto ya?" Habla entre dientes, balanceándose en el límite del control.

Voy por delante de él, incapaz de contestarle. Me congelo, sujetándome con mis piernas rodeando su cintura, mientras mi orgasmo amenaza con ahogarme. Sus movimientos se hacen más lentos con mis muslos sujetándole, intentando mantenerle en su sitio. Mis brazos están igualmente atascados alrededor de su cuello. Es difícil respirar, imposible gritar, al menos al principio. Entonces sufro una pequeña y dulce muerte y deseo que este momento con él pudiera durar para siempre.

Aún estoy congelada en posición, cabalgando los últimos segundos de mi orgasmo cuando me levanta y me lleva a través de mi pequeño piso, y me mete en el dormitorio. Una vez más tumbada de espaldas, retira unos cuantos mechones húmedos de mi cara y me besa profundamente antes de continuar. Aún intenta ver mi cara sin la más mínima obstrucción.

Él no tarda mucho, a pesar de una corta interrupción donde finalmente consigo quitarle la camiseta por la cabeza. Los últimos embites fueron casi calculados. Todo su esfuerzo va hacia cernirse por encima de mí, con sus brazos en posición, y manteniendo los ojos centrados en mí. Gruñe y se estremece. Me alzo para reunirme con él, mis brazos una vez más alrededor de sus hombros, y dejo escapar un gemido cuando siento su orgasmo.

Dejándome caer sobre la almohada, suspiro contenta. Él se deja caer con cuidado encima de mí, descansando su cabeza sobre mi pecho. Pasamos lo que parece una eternidad así. Con mis dedos recorriéndole el pelo, mientras ambos recuperamos el aliento. Dios sabe qué hora es, o lo que había planeado para esta noche aparte de esto.

"¿Sabes qué? Podemos pedir comida," sugiero después de que la niebla post-orgásmica se hubiera disipado.

Él murmura una afirmación.

Con él aún dentro de mí, intento un movimiento de contorsionista para llegar a mis pies, finalmente liberándolos de los zapatos de tacón con tiras. Él pilla la indirecta y me ayuda con el otro hasta que he sido liberada.

"¿Te gustaría quedarte a pasar la noche?" pregunto.

"Si quieres."

"Siempre."

Mientras que recorro mentalmente las opciones de comida para llevar, él parece igualmente preocupado. Estoy a punto de preguntar si quiere pizza cuando él salta con una pregunta por sí mismo.

"Becky, ya que estamos algo así como *juntos*, ahora..." Se recoloca y nos cubre a ambos con la colcha. "Tú has estado en una relación antes, con... De todos modos, ¿supongo que significa que ahora somos exclusivos?"

Mi corazón vuelve a sobresaltarse al pensar en todo lo que le estoy ocultando.

"Nunca te engañaría, si es lo que estás preguntando."

"Vale."

"En serio, sé lo mucho que duele que vayan por detrás de tu espalda. No podría hacer eso." No a sabiendas, claro. A pesar de esa advertencia mental, me siento como una mentirosa.

"¿Es eso por lo que terminaste tu relación?"

Dudo sobre si revelar los detalles de lo que había pasado con Jeff tan pronto en esta nueva relación. ¿No es mejor empezar desde cero? ¿Mantener el viejo equipaje encerrado en un rincón de la memoria hasta que se desvanece en la indiferencia?

"¿Becky?"

"Oh, lo siento. Estoy intentando averiguarlo. Fue definitivamente parte de ello. Quizás la relación ya estaba muerta mucho antes de eso."

"Lo siento si esto te incomoda. Pero es mejor aprender del pasado, incluso si no es el tuyo propio," explica Alex.

"Creo que ya nos habíamos distanciado desde hacía tiempo. Y entonces descubrí que él había..."

Él parece tan serio, apoyado sobre su codo junto a mí, con un ligero frunce en el ceño. Es atractivo, y consigue hacerme sonreír a mi pesar.

"¿Qué?" pregunta Alex.

Mi anterior sonrisa se convierte en una mueca.

"Eres tan guapo cuando pareces así preocupado."

"¿Ah, sí?"

"Te demostraré quién es guapo." Se lanza hacia mi cuello, mordisqueando y chupando hasta que me veo incapacitada por un ataque de risa. No ha tardado mucho en descubrir donde tengo más cosquillas.

Capítulo Tres

"¡Cariño!" Mamá se levanta para darme un abrazo, y luego divisa a Alex, esperando un par de pasos por detrás de mí y vacila. Es extraño lo rápidamente que ha pasado esta semana y media. Tras haberme acostumbrado a pasar tiempo con Alex, me alegraba que hubiera insistido en venir conmigo, aún cuando todavía era raro.

"Hola..." La rodeo con mis brazos incómodamente, ya que nunca me había sentido muy cómoda con su costumbre de saludarme de la manera más exuberante posible, sin importar las circunstancias. Puedo ver que a ella tampoco le gusta la rutina estándar de beso y abrazo, posiblemente porque está escudriñando mi elección de cita para el almuerzo. Y así me suelta, y desearía poder darme la vuelta y evitar este lío.

"Encantado de conocerle, Mrs. Radcliffe." Alex extiende su mano.

"Ah, sí, igualmente. Tú debes de ser..."

"Es Alex, mamá. Mi novio."

Ella me dedica una breve sacudida de cabeza e intenta dominarle con una mirada fija. Alex, mientras tanto, parece estar manejando la situación mucho mejor que yo. Incluso creí ver una pequeña sonrisa en la comisura de su boca cuando dije la palabra *novio*.

"Espero que no la hayamos hecho esperar demasiado," dice Alex mientras retira una silla para mí.

Antes de que mamá tenga la oportunidad de responder, el camarero llega con dos menús más.

Entonces es cuando me doy cuenta del vaso vacío en su lado de la mesa. Ella ha estado esperando, aún cuando llegamos cinco minutos más temprano.

Nos sentamos, pedimos una ronda de bebidas, y rápidamente intento elegir nuestra comida mientras mamá observa. Ella ha tenido tiempo de decidir antes de que entráramos.

Ojalá no tuviera la habilidad de hacerme sentir tan vulnerable. Aún así, cada vez que miro a Alex, mis nervios se calman un poco. Estoy contenta de que haya decidido venir.

"Conque Alex, ¿eh?" Mamá se echa hacia delante en su asiento y le mira durante unos segundos. "¿A qué te dedicas?"

Por supuesto. Es la primera lógica pregunta que hacer, pero desearía que pudiéramos saltarnos ésa.

"Ahora mismo estoy buscando trabajo. Ha sido duro. No hay mucha demanda para nuevos licenciados."

El silencio tras su respuesta es suficiente para hacerme adivinar lo que ella está pensando. Ella no está complacida. Ella nunca está complacida.

"Pero gracias a Becky..." Alex me lanza una rápida sonrisa. "Tuve una entrevista la semana pasada y creo que fue bastante bien."

"Esperemos que sí. Las preocupaciones por el dinero no son la mejor base para una relación," apunta mi madre secamente.

Las bebidas llegan, proporcionando una interrupción bienvenida.

"Mamá, ¿por qué no nos hablas de tu viaje?" intento

dirigir la conversación hacia una dirección más placentera.

"Oh, simplemente encantador. Egipto es un lugar especial. La próxima vez deberías venir conmigo, Rebecca."

Me obligo a sonreír y asiento.

Mi siguiente pregunta la incita a realizar un informe detallado del crucero por el Nilo que había hecho. Aparentemente, el lugar es maravilloso, pero la próxima vez ella reservará con otra compañía, porque no le gustó el guía del tour. Decido que no merece la pena intentar explicarle que probablemente tienen múltiples guías, así que sería improbable que acabara con el mismo otra vez.

Para cuando llega nuestra comida, Alex ha conseguido hacer unas cuantas preguntas específicas que con suerte harán que ella se sienta más atraída por él. Ni siquiera sabía que él tuviera interés en Egiptología, pero aparentemente es algo que siempre ha compartido con su padre. Mientras muevo el tenedor por todo mi plato de risotto, me pregunto cómo habría sido una cita para almorzar si hubiéramos quedado con sus padres en vez de con mi madre. Suenan como gente encantadora. Estoy segura que habría mucha menos incomodidad. Vuelvo a la realidad con un pellizco bajo la mesa.

"¿Qué?" miro a ambos.

Alex me dedica una mirada que no puedo descifrar, mientras que la ceja izquierda de mi madre está levantada, y su tenedor levantado en el aire como si lo estuviera usando para dirigir una orquesta.

"Le estaba contando a tu madre como celebramos la

Nochevieja juntos."

Trago saliva, recordando demasiado bien como terminamos celebrando. Mis mejillas amenazan con volverse de color escarlata oscuro.

"El concierto," añade Alex.

"Sí, claro. Fuimos a una fiesta. Sally estaba allí también."

"Ah, ¿cómo está ella?" pregunta mamá.

Me encojo de hombros. "Bien, como siempre. Es agradable poder trabajar todavía juntas en un lugar nuevo."

"Es una chica tan dulce."

Y entonces Alex me dedica una pregunta interrogadora. *¿Dulce?*

"No creo que me hayas contado como os conocisteis vosotros dos," pregunta mamá.

"Uh... Allá por noviembre..." Esta vez tengo definitivamente la cara roja. Puedo sentirla. Maldición.

"Citas por internet," interviene Alex. La atención de mamá vuelve a él otra vez, dándome la oportunidad de tomar un sorbo de agua.

"Sí. Tras hablar online, decidimos quedar en un cine local," añado.

"¿En noviembre?" repite mamá.

Asentimos.

"Yo pensaba que aún estabas con Jeff por aquel entonces."

Suspiro. Ella sabe muy bien que no es ése el caso. No sé qué había pensado que ocurriría al quedar con ella para comer. Ahora, estoy bastante segura que nos acercamos a lo inevitable. Lo que siempre ocurre: una discusión.

"Ya habíamos roto entonces," le recuerdo entre dientes.

La cara de Alex se ha entristecido un poco. Él lo había intentado por activa y por pasiva para mantener las cosas alegres. No había tenido precio, la única razón por la que habíamos sobrevivido a la comida sin contratiempos. Siento mucho que él haya tenido que pasar por este mal trago.

"Claro." Mamá se limpia los labios, dejando manchas de pintalabios borgoña en la elegante servilleta blanca, y la coloca junto a su plato.

Empujo mi silla hacia atrás y evito la mirada de Alex.

"Voy a refrescarme. ¿Me acompañas, mamá?"

Ella asiente, sin duda complacida por tener un momento a solas para darme uno de sus sermones.

"Perdónanos, por favor," le digo a Alex, intentando disfrazar la frustración en mi voz.

Empieza en el momento en que empujo la puerta del baño de señoras.

"Sé que esto no te va a gustar, Rebecca, pero créeme que sólo estoy cuidando de ti."

"Ahórrate las tonterías, madre. Sé lo que estás intentando hacer." Hago todo un despliegue de mirarme al espejo...

"Esta cosa con *Alex*, lo estás haciendo sólo para molestarme, ¿verdad? Sabías que no lo aprobaría." Ella está de pie detrás de mí, sus manos en las caderas. Puedo ver su reflejo.

"No me importa si lo apruebas o no." Me giro desde

el espejo y ambas nos miramos fijamente por un momento.

"Él no ha sido la razón por la que tú y Jeff..." deja la frase sin terminar.

"¿Qué? ¡No! No importa lo mucho que intentes tergiversar las cosas, ya *habíamos* terminado cuando conocí a Alex."

"No necesitaba ser así, y lo sabes."

"¡Estaba hablando con su ex a mis espaldas! ¡Encontré fotos y todo!"

"¡Es un hombre! ¡Eso es lo que hacen los hombres! Es nuestro trabajo como mujeres hacer que no se aburran y se distraigan."

"Y eso te funcionó muy bien con papá, ¿verdad?" La puerta de uno de los servicios se abrió junto a nosotras, y una avergonzada señora mayor salió y se apresuró hacia los lavabos para huir de la zona de combate. Me pregunto si debería disculparme, pero estoy demasiado enfadada para hacer eso.

"Mamá. Me voy. Alex es genial y me aprecia de un modo que Jeff nunca lo hizo. Y si no puedes aceptar eso, entonces no te molestes en llamarme la próxima vez que estés en la ciudad."

Me dirijo hacia la puerta mientras mamá sigue, intentando decir la última palabra.

"Por supuesto que te aprecia. ¡Él sabe que puedes conseguir algo mejor!" Intento darle a la puerta un poderoso portazo, pero es una de esas cosas que se cierran despacio que colocan en los lugares públicos. Es muy insatisfactorio.

¿Cómo se atreve?

No puedo evitar preguntarme por qué no podemos quedar para comer como una familia normal. Ponernos al día, ser amables con los otros, y no terminar las cosas con un concurso de gritos.

"¿Estás bien?" Alex parece que lamenta la pregunta antes incluso de pronunciarla. Me escuecen las lágrimas en los ojos, y me está costando mucho trabajo recuperar el aliento cuando todo lo que quiero hacer es gritar. "Vámonos. Estoy segura que ella se puede encargar de la cuenta."

Alex sacude la cabeza y saca la cartera de su bolsillo trasero de todos modos, para dejar nuestra parte. Yo espero mientras miro hacia el pasillo que lleva a los servicios, deseando que no vuelva y haga una escenita aquí también.

Afortunadamente, todo está despejado cuando nos vamos.

"¿Quieres hablar de ello?" pregunta Alex cuando me rodea con su brazo, en un vano intento de combatir los helados vientos de enero de fuera.

"La verdad es que no," digo. "Simplemente no entiendo por qué no podemos almorzar de manera agradable juntas. ¿Cuál es su puto problemas con *todo* lo que hago?"

Me acerca más a él y las primeras lágrimas empiezan a rodar por mis mejillas.

"¿Por qué tengo la sensación de que habríamos tenido una experiencia totalmente diferente si hubiéramos quedado con tus padres?"

"Ellos te adorarán."

Intento sonreír a pesar del dolor. Saber que él probablemente tiene razón hace que este lío sea mucho peor.

✶✶✶

Cuando volvemos a mi casa, aún estoy callada, y él también.

"Pues tu madre... Realmente le gustaba ese tío, Jeff, ¿eh?"

"Tonterías. A ella nunca le gustó mientras estábamos juntos. A ella nunca le gustan las elecciones que hago."

"Estoy segura que él sólo está intentando cuidarte..." Alex parece desamparado. No estoy segura si está intentando convencerme a mí o a él mismo.

Me encojo de hombros.

"No importa, olvidémonos de eso."

No tengo claro si está intentando cambiar de tema o si es una petición desesperada por acercarse más, pero le rodeo con mis brazos y me rindo cuando él responde. Algunos besos y arazos más tarde, las cosas progresan inevitablemente hacia el sofá. Nuestros afectos compartidos me reconfortan, pero soy incapaz de borrar el desastre del almuerzo de mi mente.

"¿Becky?" La voz de Alex me devuelve a la tierra y hago una pausa en mitad del beso, esperando a lo que viene después.

"No estás bien, ¿verdad?" pregunta.

"Es obvio, ¿eh?" suspiro y me reclino sobre los cojines.

"Sí, un poco." Hay un silencio incómodo durante el cual continúa observándome.

"De hecho, últimamente me he preguntado a menudo si estás completamente ahí cuando estamos juntos." Desvía la mirada. Debe estar preocupado por como reaccionaré.

Mis ojos me escuecen otra vez. He intentado lo mejor posible mantenerme entera, sin dejar que mi culpa y mis preocupaciones arruinen el tiempo que pasamos juntos. Pero no sirve de nada.

"Me gusta estar contigo," susurro, en tono casi demasiado bajo para que me oiga.

Pero me oye, y reacciona con un abrazo.

"No sé, quizás es normal. La novedad acabándose y todo eso." Se pasa los dedos por el pelo pero aún rehuye mirarme adecuadamente. "A menos que por supuesto te lo estés pensando mejor y no quieras herir mis sentimientos al admitirlo."

¡No! ¡No puede estar hablando en serio!

Se empiezan a formar lágrimas, las cuales no estoy segura que ayudarían a la situación y estoy perdida sobre lo que hacer o decir para convencerle. Todo dentro de mí está enredado y confuso. Quiero contarlo todo desesperadamente, soltarlo todo para que podamos seguir adelante, pero con seguridad sólo le lastimaría más.

"¡Eso no es verdad!" sollozo. "De verdad que me gustas. Creo que..."

"¿Qué?"

"Te quiero." Oír esas palabras saliendo de mi boca me asusta. Sólo espero que no reaccione exageradamente o peor, que piense que estoy enredando con él...

Por el rabillo del ojo intento leer lo que está pensando, sin mirar fijamente con descaro. Si quiere ignorar mi te quiero, está bien. Es demasiado pronto. Hoy está resultando ser un día bastante malo, y no puedo adivinar lo que está pensando.

Finalmente se mueve, pero en vez de hablar, me rodea con sus brazos y me abraza fuertemente. Es un alivio. Estar entre sus brazos tiende a hacer que me sienta segura. Pero no puedo eliminar la tirantez de mi pecho y las lágrimas siguen cayendo con fluidez. No hay forma de que pueda decir algo más sin gritar todo lo que he intentado olvidar con todas mis ganas.

Nos sentamos así durante un rato, sin nada más de lo que hablar. Es sólo raro por el momento. Las cosas se solucionarán por sí mismas, seguramente.

Cuando se va algo más tarde, estoy extrañamente paralizada. Dejo que se vaya y me pregunto si llamará más tarde, pero no me atrevo a hacer la pregunta.

Capítulo Cuatro

Han pasado cinco días y no ha sabido mucho de Alex. Definitivamente le he asustado al decirle que le quiero. No me queda otra que dejarle espacio. Lo sé, y aún así me parece lo peor del mundo. ¿Y si decide que toda esta mierda emocional no merece la pena?

Esto nunca pasaba con Jeff. Él nunca huía y me evitaba; al menos no que yo recuerde. Él siempre se quedó hasta que las cosas se fueron completamente al garete. ¿Por qué las relaciones tienen que ser tan complicadas?

Respirar hondo casi calma todos los miedos previos que han empezado a corretear por mi cabeza. Casi.

Me centro una vez más en la pantalla de conexión delante de mí. Fetlife. No me he atrevido a mirarla desde Año Nuevo. No quería atraer atención hacia como había empezado todo, por miedo a que él sospechara que yo había tenido más "experiencias" que las que tuve tras nuestro primer encuentro.

La página se carga a paso de tortuga y me aterroriza lo que podría encontrar. Dijo que otras chicas habían estado interesadas en él últimamente. Es difícil no sentirse celosa ante eso. Quizás es por eso que no ha estado en contacto, quizás...

El muro aparece y puedo ver un montón de mensajes, peticiones de amigos que he estado ignorando, y...

Él ha subido algunas fotos más. Son bastante inocentes, en comparación con las que ya están allí, pero

¿por qué se conectaría si estaba contento conmigo? *Maldición.*

Cierro la tapa del ordenador de un golpe, necesitando alejarme de lo que debe ser absolutamente la maldita evidencia de donde están sus pensamientos.

Antes de perder mis últimos jirones de cordura, decido que necesito un discurso de ánimos de la peor persona del mundo para dar consejos sobre relaciones. Voy a hacer todo lo que pueda para no derrumbarme durante unas horas hasta la hora del almuerzo cuando Sally y yo nos podamos escapar a algún lugar más privado. Aunque nuestros compañeros nuevos son muy agradables, no estoy preparada para soltarlo todo en la oficina principal de buenas a primera.

✳✳✳

Antes de tener la oportunidad de abordar el tema con Sally, ella ya me está mirando con suspicacia, ignorando el tentador sándwich envuelto sobre la mesa delante de ella.

"¿Problemas en el paraíso?" Sally me mira con los ojos entornados, aparentemente observando cada detalle de mi reacción.

Suspiro y me encojo de hombros. "¿Cómo lo sabes?"

"Has estado revoloteando por el séptimo cielo últimamente, excepto esta semana. Y hoy simplemente parece que estás a punto de llorar. ¿Qué ha hecho? ¿Necesito buscarle y darle una patada en los huevos por ti?" Sally se inclina hacia atrás con los brazos cruzados mientras me pregunto por donde empezar.

"No consigo saber si Jeff me ha hecho paranoica, pero me estoy preguntando si quizás Alex no esté contento solo conmigo, ¿sabes?"

"Pero sólo habéis empezado a salir. ¿Y sus ojos ya se están paseando? ¿Quién demonios se cree que es?" Ella también está empezando a sonar molesta. Si no tengo cuidado, ella hará algo loco de verdad para defenderme.

"No sé... Tuvimos una pequeña... bueno, no una pelea, pero las cosas se volvieron un poco raras el sábado pasado después de almorzar."

"Tu madre haría que el hombre más valiente del mundo se meara encima, y lo sabes. No quería decir nada, pero llevarle a conocerla quizás no fue la mejor idea."

Sal podría ser una chica fiestera confesa que rechaza tomarse la vida en serio, pero ella siempre está ahí para mí cuando la necesito. Dejo escapar un suspiro de alivio al ver que finalmente puedo hablar de todo esto. Ella tiene razón, por supuesto; fue una idea terrible, pero eso no es ni la mitad de todo.

"Fue super incómodo, tengo que concederte eso. Y sólo empeoró desde ahí. Él parecía preparado para decir que algo no iba bien conmigo generalmente. Era como si pudiera ver a través de mí y supiera que le estoy ocultando cosas."

"Mierda. No se lo has contado, ¿verdad?" Los ojos de Sally se abrieron como platos ante la perspectiva horrenda de que revelara todos mis secretos.

"Peor. Le dije que le quería."

"¡Jesús, mujer! ¿Tras sólo dos semanas?"

"¡Lo sé! Soy una jodida idiota." Dejo caer la cabeza

con arrepentimiento.

"¿Cómo se lo tomó?"

"No dijo ni una palabra. Sólo me abrazó y luego un poco más tarde dijo que tenía que irse a hacer algo y se fue. No lo sé."

"Ouch."

"No he sabido nada de él desde entonces." Oigo como mi voz se quiebra cuando los horrores de la mañana intentan desbordarme. "También se ha estado conectando a Fetlife, incluso ha subido más fotos y eso. Lo vi esta mañana y no sé qué pensar. Había estado manteniéndome alejada desde que estamos juntos, sólo porque pensé que sería lo más apropiado..."

"Ah, ya lo pillo. Así que piensas que él aún está jugando, ¿verdad? Vaya un mierda. Ya sabes lo que pienso de la monogamia, pero eso es cosa mía. Tú te mereces un tío que te trate como tú quieres ser tratada, ¿sabes?" Las manos de Sal encuentran el camino hacia mi hombro y hago todo lo que está en mi poder para no montar una escena y llorar en plena cafetería llena de compañeros de oficina.

"Sí, gracias." A pesar de mis mejores esfuerzos, mis ojos se humedecen, pero me trago el nudo en mi garganta y respiro hondo. "Nunca iba a ser tan simple. Casi ni nos conocemos."

"Vale, ¿sabes qué? Lo último que necesitas ahora mismo es a un cabrón que te haga sentirte como una mierda. Ahora te jode, pero estarás mejor sin él."

"Supongo."

"Lo digo en serio, Becks. ¡No le llames! Si él te llama,

ignórale. Te hiciste vulnerable el sábado, y aparentemente los dos estáis en la misma página. Aguántate y sigue adelante. Puedes conseguir algo mejor."

"Supongo que sí." Ella tiene razón. He cometido un gran error. Nunca debería haberlo dicho. Y debería haber insistido en ir a la comida sin él. Soy una completa idiota.

"No le llames, ¿me oyes?" Sal se inclina hacia mí y me da un abrazo. "Y el sábado nos vamos de compras, y te vas a comprar el vestido más sexy del mundo, y luego tendremos una Noche de Chicas, donde seremos unas traviesas calientapollas y nos quedaremos por ahí hasta que nos pidan que nos vayamos."

No puedo evitar sonreír ante esa perspectiva.

"Ya veremos."

✳✳✳

El resto del día hago todo lo que puedo por convencerme de que cualquiera que desprecie mi amor así no se merece mi tiempo. A las cinco, casi me lo creo. Para cuando llego a casa, apenas media hora más tarde, mis mejores intenciones penden de un hilo. La única razón por la que no me rindo y le llamo para preguntarle por qué me está evitando en vez de echarle huevos y decirme que se ha acabado, es porque el teléfono suena. *Mierda.*

Miro fijamente a su nombre parpadeando en la pantalla mientras la sintonía de Juego de Tronos continúa sonando en un bucle ininterrumpido. *Mierda, ¿qué hago?*

Mi dedo sobrevuela la pantalla, preparado para colgar o descolgar, pero aún estoy dudando. Voy a quitármelo de encima ya. Cuanto más rápido se aclare este lío, antes puedo centrarme de nuevo en curarme y seguir adelante. Descuelgo y me llevo el teléfono a la oreja, sólo para encontrarme con un raro sonido de timbre y luego nada. He llegado tarde. *¡Mierda, mierda, MIERDA!*

No estoy segura de que me hubiera gustado que lo hiciera, pero estoy decepcionada por no ver el icono de buzón de voz apareciendo. ¿Debería devolverle la llamada? Aún puedo oír la voz de Sally sonando en mis oídos antes: *no le llames, ¿me oyes?* Pero ella también dijo que no debería cogerle el teléfono, y aún así yo acababa de hacer justo eso. ¿Y qué sabe ella de relaciones, de todos modos?

El teléfono vibra en mi mano y lo dejo caer al suelo cuando mi tono de llamada empieza a sonar otra vez. Esta vez me apresuro a cogerlo y contestar directamente.

"¿Hola?" Mi voz tiembla ligeramente con los nervios. Espero que no se de cuenta.

"¡Hola! Siento no haberte llamado estos días, pero tenía cosas que hacer en casa. ¿Te gustaría quedar?"

"Uh, vale." Las palabras se escapan de mis labios antes de tener tiempo de pensar en lo que está pasando.

"Genial. ¿Qué tal mañana a las siete? ¿Conoces The King's Head justo al final de Bath Road?"

"Sí."

"Estaré esperando fuera." Click.

Miro fijamente mi teléfono, la pantalla oscura una vez más. ¿En serio ha ocurrido esto? ¿Acabo de aceptar reunirme con Alex en un pub de la ciudad mañana? ¿Sin explicaciones sobre lo que ha estado haciendo estos últimos días? Él sonaba alegre, como si nada hubiera pasado...

Bueno, supongo que lo descubriré pronto, pero de ninguna manera puedo contarle a Sal nada de esto, o me comerá para desayunar.

Capítulo Cinco

Aunque difícil, consigo mantener mis planes de la noche, y la llamada telefónica que llevó a ellos, en completo secreto para Sally. Esto es algo que debo solucionar por mí misma. Cuando bajo en el ascensor, preparada para dejar el trabajo durante el día y batallar contra la fría oscuridad de fuera, no puedo evitar obsesionarme sobre lo que va a pasar en menos de veinte minutos desde ahora.

La noche pasada he estado preocupada, incapaz de dormir durante horas, preguntándome una y otra vez por qué Alex estaría actuando de forma tan extraña. Después de todo, él podría haber seguido evitándome si hubiese querido ser un cobarde acerca del tema. O incluso decirme a la cara que me había adelantado. Finalmente, y agotada, decidí concederle el beneficio de la duda. Por ahora.

Ya no me parece tan simple. ¿Puedo aparecer simplemente allí, sonreír, y fingir que todo va bien cuando de hecho he tenido que reconsiderar nuestra relación después de mi salida en paso del sábado?

El pub está a sólo un corto viaje en autobús, aparentemente. No he venido por este lugar a menudo. Está más bien en dirección opuesta a donde yo y todo el mundo que conozco vive.

Una mirada al reloj revela que voy a llegar ligeramente temprano. A pesar del frío, mis manos están sudorosas y mis mejillas están acaloradas. ¿De verdad el más ligero destello de una vida amorosa feliz merece la pena pasar por todo esto?

Cuando me bajo del autobús, el frío me golpea como un cuchillo perforando justo a través del grueso tejido de mi abrigo. Me estremezco de nuevo cuando giro la esquina y veo a Alex de pie delante del pub, convenientemente iluminado por la farola. En su mano tiene un ramo de flores que también parecen a punto de morir congeladas.

"Hola," digo, intentando que mis dientes no castañeteen.

Él da un paso adelante y me abraza. *¡Como si nada hubiera pasado! ¡Qué cojones!*

"¿Qué pasa?" pregunto, probablemente notando que soy tan fácil de abrazar como un obelisco de piedra ahora mismo.

"Estoy confundida."

Me mira como si quisiera decir algo, pero simplemente me da las flores. "Son para ti."

Acepto las rosas, musitando las gracias. Esto fue bonito la primera vez, pero para entonces las rosas eran rojas. Ahora son de color rosa. ¿Qué significa?

"Tengo una sorpresa para ti," dice Alex, haciéndome gestos para ir con él.

Estoy un poco decepcionada de que no vamos a entrar en realidad en el pub, porque una bebida y un entorno cálido me parece una brillante idea ahora mismo. Pero la intriga me hace seguir adelante.

"Estos últimos días, han ocurrido unas cuantas cosas..." empieza Alex. "Pero podemos hablar de eso más tarde."

Maldita sea. ¡Una explicación sobre los últimos días es exactamente lo que más necesito ahora mismo!

"Primero..." Gira para entrar en un pequeño callejón entre dos casas y me anima a continuar con su mano sobre mi hombro. "Me gustaría..."

"¿A dónde vamos?" pregunto, finalmente incapaz de seguir callada.

"Mi nueva casa," dice contento.

Miro alrededor a la oscura fachada de algo que parece como si hubiera sido un garaje en algún momento. O un cobertizo. Pero tiene ventanas y una puerta...

Abre la puerta, enciende la luz, y me invita a entrar.

"¿De verdad? ¿Cómo?" Miro alrededor a la habitación vacía, que actualmente sólo contiene un par de sillas, un módulo de cocina a un lado, y una puerta oscura justo enfrente.

"¡Conseguí el trabajo!" sonríe Alex. "Meses y meses de búsqueda, ya estaba a punto de rendirme, pero gracias a ti ese jefe tuyo me ha contratado de verdad... ¡Sorpresa!"

No sé qué decir.

"Mira, sé que no es mucho, pero tengo que empezar en alguna parte."

"Es... vaya." Estoy empezando a comprender que quizás, sólo quizás, puede haber tenido una razón legítima para no llamarme durante varios días, aún cuando la ejecución - y el tiempo - de este plan maestro fueran absolutamente terribles. Eso es que quizás mis propios miedos podrían haberme hecho dejarme llevar y hacer de esto un problema más grande del que era en realidad.

"Felicidades," digo al fin, luego continúo mirando fijamente la habitación. Aunque es lo último que quiero, puedo sentir las lágrimas brotando. Aún no estoy segura de si estoy aliviada, enfadada, o sólo cansada.

"¡Oye! No está tan mal. Unos cuantos viajes al Ikea y será un lugar totalmente diferente."

"No es eso. Maldita sea, he estado tan preocupada desde el sábado. Pensaba que tú..." respiro hondo e intento recomponerme otra vez.

"¿Que yo qué?" pregunta Alex con expresión seria en la cara.

Oh joder, no tiene ni idea. Y me siento como una completa idiota ahora mismo.

"No importa. Tienes razón. Unos cuantos muebles más, quizás cortinas nuevas..." Paso mi dedo sin ganas por la desgastada tela cubriendo la ventana. "Y te sentirás como en casa."

"¡Sólo espera hasta que me paguen! Te lo demostraré." Alex me coge de la mano e instintivamente entrelaza sus dedos con los míos.

Tira de mí para estar más cerca y le sigo.

"Todavía ni siquiera has visto la mejor parte," me susurra en el oído y señala con la cabeza la puerta oscura. Juntos damos los primeros pasos, hasta que él se queda por atrás y yo continúo. Encuentro el interruptor de la luz dentro de la pared al tacto, y cuando la luz se enciende, no puedo reprimir una risa sorprendida.

Dentro de la de otro modo igualmente habitación vacía y deprimente, hay una cama completamente hecha con una cesta de regalo justo en el centro, conteniendo una botella de champán, dos vasos, y un sobre con mi nombre en él.

Me acerco, con las rodillas temblando casi tanto como mis manos, y cojo el sobre. Dentro hay una tarjeta que dice simplemente:

Becky, eres lo mejor que me ha pasado en la vida. Yo también te quiero.

Eso lo consigue. Ahora mis ojos están húmedos.

Alex llega detrás de mí y me rodea la cintura con los brazos.

"El sábado me di cuenta de que todo esto - tú y yo - es algo difícil de vender. En el lugar de tu madre, yo tampoco habría estado encantado de conocerme."

Me apoyo contra él, aún demasiado abrumada para decir mucho más.

"Por supuesto quería mudarme a mi propio lugar de todos modos, pero tan pronto como recibí la oferta oficial de trabajo decidí acelerar las cosas. Al menos ahora ya no estás saliendo con algún perdedor arruinado que aún vive con sus padres."

"Nunca pensé eso de ti." Pero obviamente mi madre no está de acuerdo conmigo, como siempre. Alex me da un rápido beso en un lado de mi cabeza antes de soltarme y sentarse en la cama.

Sonrío para mostrar que estoy de acuerdo y tomo asiento junto a él. Hay mucho más rondándome la cabeza, pero no estoy segura de por donde empezar. O incluso si debería decir algo. Lo peor ahora mismo sería arruinar el momento con mi usual brusquedad y falta de oportunidad.

Me da un vaso y se sirve uno para él mismo.

"Por tus nuevas aventuras," digo mientras levanto mi vaso en su dirección.

"Por ser un hombre trabajador y responsable," responde, golpeando su vaso contra el mío.

El frío líquido envía un escalofrío por mi espalda, pero ya no me importa. A pesar de la apariencia fría, de hecho hace bastante calor aquí; debe tener la calefacción encendida.

"¿Y cuándo planeas mudar tus cosas aquí?"

"Durante el fin de semana. Planeo pedir prestado el coche de mi padre."

"¿Y cuándo es tu primer día de trabajo?" Me reclino hacia atrás apoyándome sobre las manos y le observo dar otro sorbo.

"El lunes." Me sonríe y alarga la mano para acariciar mi cara.

Se me aceleran los latidos de mi corazón y cierro los ojos. No puedo hacer esto. No puedo...

"Hasta ahora mismo, yo pensaba que querías cortar conmigo," suelto, e inmediatamente deseo que se me trague la tierra.

"Espera... ¿Qué? ¿Por qué demonios pensarías eso?" Alex parece horrorizado.

"Obviamente ahora lo pillo, pero tú estabas muy raro el sábado y luego no supe nada más de ti. Decidí darte espacio para que aclararas las ideas. Entré en pánico."

"Parecías bastante distante por teléfono, y luego antes también. Me estaba preguntando de qué iba todo."

"Lo siento. Como he dicho, me entró el pánico." De alguna forma, aún estaba asustada.

Miro fijamente el vaso en mi mano. En un momento, un malentendido, una discusión, todo eso podría haber desaparecido. Los secretos, incluso los bien intencionados, pueden arruinar todo lo que tenemos. Además no tengo ninguna esperanza de mantener la boca cerrada para siempre. ¿No sería peor si lo descubriera todo mucho más tarde en nuestra relación?

¿Y qué pasa con las nuevas fotos que encontré en Fetlife ayer por la mañana? ¿Quiero saber de qué va todo eso?

"Necesito contarte algo." A pesar de haberme dado cuenta de que esto es lo mejor que hacer, aún estoy aterrorizada.

"Dispara." Alex deja su vaso en el suelo y me mira atentamente.

"No he querido mencionar esto porque estaba muy asustada sobre como reaccionarías."

"Vale."

Mi garganta se cierra y me siento mareada. Soy incapaz de mirarle a los ojos.

"Craig..."

"Sí, lo sé," interviene Alex.

"¿Lo sabes?"

"Bueno, tenía mis sospechas."

Me he quedado sin habla, y sólo parcialmente porque el martillo hidráulico dentro de mi pecho rechaza calmarse. Me mira con una media sonrisa divertida.

"Esa primera vez en tu casa, estaba intentando

encontrar mi teléfono después de levantarme por la mañana. Me encontré esto en el suelo del salón..." Alex saca su cartera del bolsillo trasero de sus vaqueros y pesca un trozo doblado de papel. Un trozo de papel arrancado de una libreta. Lo alisa contra su muslo y me lo da.

La lista.

"Mierda," jadeo.

"Digamos que unas cuantas cosas empezaron a encajar cuando la vi."

Mi propia escritura me grita desde el papel hasta que los artículos de la lista parecen estar bailando sobre el papel. No habría sido difícil sumar dos y dos, considerando que ya había tachado la mitad de los artículos.

"Yo había querido tirarla. Para que nosotros dos pudiéramos tener una auténtica oportunidad juntos."

"¿Pensaste que lo desaprobaría?" Alex tiene puesta su mejor cara de póquer ahora, pero el brillo en sus ojos revela sus pensamientos. A menos que esté viendo sólo lo que quiero ver.

Me encojo de hombros en respuesta, aún incapaz de encontrar las palabras para explicarlo adecuadamente.

"¿Recuerdas lo que dijiste la primera vez que hablamos online?" pregunta.

"¿El qué?"

"Que querías experiencias locas. Conozco el trato, aún cuando las circunstancias fueran ligeramente diferentes." Ver mi aún sorprendida expresión hace que él finalmente me dedique una sonrisa.

"¡No pasa nada! Lo que ocurriera antes no me importa

realmente, ¿verdad? No me debías nada. Yo sentía que no me merecía a alguien como tú, pero ahí estabas de todoso modos." La expresión de Alex se vuelve pensativa. "Ya soy el hombre más afortunado del mundo."

"Pero..." Parpadeo varias veces, preguntándome si quizás todo esto es un sueño, y de hecho es todavía miércoles por la mañana, y las cosas aún parecen imposibles entre nosotros dos.

"Lo siento," digo, porque no puedo pensar en nada más.

"No lo sientas." Alarga la mano y toma la mía.

"Sólo desearía haber podido ver como pasaba," dice Alex, su tono de repente volviéndose juguetón otra vez.

Un escalofrío me recorre la espalda y memorias fragmentadas de ese encuentro en la oficina de Craig vuelven a mi cabeza. ¿A Alex le habría gustado mirar?

"¿No habrías estado celoso?" pregunto, aún incapaz de creerme a donde había llegado la conversación.

Se encoge de hombros y juega con mis dedos, cogiéndolos de uno en uno y estirándolos sobre su palma.

"Es algo así como una fantasía que tengo." No me mira mientras habla. Abrirme su corazón debe ser raro para él también.

Me cago en la puta. De todas las formas en las que pensé esta confesión tendría lugar, ésta no fue una de ellas.

"¿Sólo mirando o...?" La pregunta se escapa de mis labios antes de que me pueda controlar.

Todo este tiempo yo estaba pensando que por el hecho de que yo hubiera sido su primera vez, él sería mucho más anticuado sobre el sexo. Aunque recuerdo que algunas de las cosas de su perfil online apuntaban a que no sería ése el caso, de algún modo asumí que las cosas serían diferentes en el contexto de una relación. ¿Podría haber estado yo tan equivocada?

Alex sopesa mi mano sobre la suya, luego envuelve mi mano con las suyas y me mira, pero sólo brevemente.

"Honestamente, no lo sé. Esperaría hacer algo más que sólo mirar, pero todavía no he tenido la oportunidad de descubrir..."

Me suelta, se quita las zapatillas de una patada, y se reclina contra las almohadas con las piernas dobladas. El pensar en Alex mirándome, con Craig o con cualquier otro, quizás incluso uniéndose a nosotros, es imposiblemente tentador. Estoy intentando mantener los pies sobre la tierra, pero no puedo evitar imaginar como sería. ¿Podría compartirle con alguien más del mismo modo que él piensa que puede compartirme? Conozco a gente que hace este tipo de cosas. Gente mucho más aventurera y experimentada que yo. *¿Podría?*

Desde que estamos juntos, no he sentido la necesidad de pensar en otras personas. Pero si él se apunta a eso... Eso lo cambiaría todo.

"¿Quizás podríamos averiguarlo juntos?" susurro.

Dejo mi vaso junto al suyo en el suelo, la cesta también, y me uní a él tras quitarme los zapatos también.

Esta vez, ahora que todo estaba al descubierto, siento que realmente me ve por quien soy, y yo le veo a él. Nuestros besos son más reales, cada caricia me hace temblar. Cuando me penetra, soy realmente suya por primera vez.

Capítulo Seis

Vístete y estáte preparada para las nueve.

Miro fijamente la nota y el más pequeño vestido negro que está en la caja debajo de ella.

Girar la nota no me dice nada más. Le vuelvo a dar la vuelta a como me la encontré y la estudio un poco más. La letra es obviamente de Alex. ¿Quién más me enviaría un vestido, o cualquier otro regalo? Y semejante modelito sexy también. Me esfuerzo en pensar cuando llevaría normalmente semejante modelito. Y las nueve en punto es una hora bastante rara para quedar. ¿Se supone que tengo que cenar yo sola antes de quedar? Su proposición y el regalo son lo suficientemente intrigantes como para que yo siga la corriente. Lo que sea que esté pensando, debe ser un buen plan.

Durante el último par de semanas las cosas han estado mejor que nunca entre nosotros. Ser finalmente totalmente sincera ha sido un alivio. Casi no puedo recordar por qué estaba tan asustada antes. Claro es que muchos tíos se habrían espantado un poco al pensar en su novia y su nuevo jefe follando durante una fiesta de navidad de la oficina, pero yo debería haberme dado cuenta de que Alex es diferente. Alex es...

"Oye, ¿vas a quedarte ahí parada como una auténtica perdedora o vas a decirme qué está pasando?" Sal se pone las manos sobre las caderas y saca barbilla fingiendo enojo.

"Esto es privado. Ve a meter las narices en otra cosa."

Cierro la caja e intento esconderla debajo de mi mesa, pero ella no me deja escaparme tan fácilmente.

"Si vas a estar recibiendo regalos en el trabajo, ¡prepárate para que sean inspeccionados por mí!" Sally sonríe una falsa sonrisa dulce y me quita la caja de regalo de las manos.

"¡Ooh... me encanta el vestido!" Claro, por supuesto que sí.

"No estoy segura de lo que ha planeado Alex, pero..."

"¿Quizás ir a un club? A ver, las nueve es un poco tarde para cenar..." reflexiona Sally.

"Eso es lo que yo había pensado."

Ella pasa los dedos por la tela del vestido otra vez antes de devolverme la caja.

"Debes contármelo todo el lunes. Idealmente antes de eso, pero definitivamente el lunes."

Sonrío y asiento. Ya veremos.

Desde que Alex y yo hemos confiado el uno en el otro adecuadamente, también nos hemos convertido en mucho más expresivos y experimentales en el dormitorio. Entre las ocasionales charlas sucias, él ha mencionado todo tipo de ideas traviesas. En el momento me preguntaba si permanecerían como fantasías para siempre. ¿Podría ser que estuviera planeando algo más real para esta noche?

✳✳✳

Estoy preparada a las ocho y cuarto. Habría estado mejor si me hubiera mantenido ocupada con otras cosas toda la noche, sin dejarme tiempo para preguntarme sobre los planes de Alex, pero prediciblemente ocurrió lo contrario. Tan pronto como llegué a casa, simplemente tuve que probarme el vestido para ver como de revelador sería. Su elección me impresiona: es sorprendentemente elegante para algo tan corto.

Elegir el par de zapatos correcto para combinar con el vestido no podría alargarse más de media hora. Añádele a eso la aplicación de maquillaje más lenta de la historia de la humanidad y aún acabo temprano.

Me paseo por el salón, haciendo el ocasional viaje a la ventana para mirar por ella. Quizás él llegue temprano también. O quizás no.

Estoy super nerviosa para cuando finalmente veo algo de movimiento prometedor fuera. Un taxi. Él no viene normalmente en taxi, pero es seguro que el vehículo que aparca justo fuera y una silueta sale y se dirige hacia mi edificio.

Justo cuando estoy a punto de rendirme a la idea de que podría haber sido Alex, oigo que llaman a mi puerta. *Vaya reina del drama; ¡él tiene una llave!*

Pero le sigo el juego y abro la puerta.

No nos decimos nada al principio, sólo nos miramos. Él también ha hecho un esfuerzo. Un traje negro que no le he visto llevar antes. No creo que le haya visto con traje antes, sólo con pantalones de trabajo y camisas, pero nunca con un traje completo. Es absolutamente hermoso. La mirada en su rostro sugiere que está igualmente impresionado, incluso cuando él había elegido el modelo por mí.

"Estás increíble," dice finalmente.

"Tú también." Sonrío, olvidando lo ansiosa que me había sentido momentos antes.

"Feliz Aniversario de Un Mes."

Estoy atónita por un momento. ¿Ha pasado sólo un mes? Sobre el papel sí, pero me parece como si hubiéramos sido una pareja desde siempre. De buena manera.

"Igualmente," digo.

"¿Preparada para irnos?" pregunta.

Debe haber hecho que el taxi le espere abajo. Rápidamente cojo mi abrigo y un bolso de mano sencillo y negro, y asiento con la cabeza.

"¿A dónde vamos?"

"A una cita." Suena obvio, y aún así su tono me dice que no es tan simple como suena.

"¿Una cita?"

"Sí. Puse un anuncio como dije que haría. Alguien respondió..." Aunque está intentando esconderlo, puedo ver que está un poco nervioso. Y ahora yo también lo estoy, multiplicado por cien.

"Vaya, ¿en serio?" Hasta este momento, su idea de colgar otro anuncio clasificado en Fetlife me había parecido un poco surrealista. Pero él había insistido en que deberíamos intentar al menos hacer nuestras fantasías realidad. Bajamos las escaleras y nos dirigimos directamente hacia el taxi que esperaba. Alex le dio al conductor el nombre de un hotel que nunca he oído.

"Cuéntame cosas de ese chico, el que ha respondido." Me cuesta trabajo mantener la voz baja. Mi corazón parece estar latiendo en mi garganta.

"Bueno, su nombre es Jamie, tiene 28 años, bisexual..."

"¿Ha enviado foto? ¿Y si no tenemos ganas?"

"Vamos a reunirnos en el bar del hotel y a conocernos un poco primero. Sin presiones de hacer nada que no queramos."

Estoy a punto de preguntar por la foto otra vez, pero quizás es parte del juego. No sólo va a ser una cita, sino una cita a ciegas.

Tardamos unos veinte minutos en llegar allí, y para cuando lo hacemos, mis manos están sudorosas y mis rodillas tiemblan.

Me pregunto qué aspecto tendrá Jamie. O si le va a gustar nuestro aspecto. También me pregunto como de lejos Alex quiere llegar. El pensar en él con otro tío es... interesante. Pero me estoy adelantando; ni siquiera hemos conocido al chico aún.

El taxi aparca delante de un edificio bastante bonito y de aspecto lujoso. El letrero de oro, que dice 'Hotel Lucille', junto con la fachada clásicamente adornada promete que no importa lo que va a pasar a continuación, tendrá lugar dentro de un marco hermoso.

Alex le paga al taxista y sale, ofreciéndome su mano para salir detrás de él. Me encanta cuando hace cosas de caballero.

El anticuado portero nos abre la puerta y entramos en el vestíbulo. El interior ciertamente revela lo que el exterior del edificio ya había prometido: lujo y opulencia.

Los hermosos muebles de estilo victoriano aparecen contra ricos tonos de oro y borgoña en las paredes, y aún así el raro y moderno acento de la decoración hace que parezca elegante en vez de recargado.

Cruzamos directamente el vestíbulo y pasamos por el arco que lleva hasta el bar, donde la suave iluminación y la música de fondo consiguen crear una atmósfera relajada. Pero no estoy relajada para nada y Alex también parece tenso junto a mí mientras escanea la habitación.

Echo un vistazo alrededor, notando que hay bastantes grupos y parejas ocupando las diversas mesas junto a nosotros. Ningún hombre solo que pueda ver. ¿Y si el chico no aparece? Tengo la garganta seca y las rodillas aún están débiles.

Entonces Alex tira de mi brazo suavemente y miro en la dirección que me está señalando. Al otro lado del bar, casi oscurecido por un pilar, hay un hombre sentado solo con la espalda vuelta hacia nosotros, aparentemente jugando con su teléfono. La sutil música de fondo está siendo ahogada por el imparable latido de mi corazón.

¡Venga, Becks, no estás sola y todo irá bien!

"¿Jamie?" pregunta Alex, y la figura con pelo moreno corto se gira para revelar una hermosa cara con expresivos ojos castaños y una amplia sonrisa amistosa.

"¡Hola, Alex! Tú debes de ser Becky. Soy Jamie." Jamie se levanta y nos estrecha las manos. Dos cosas se me ocurren al mismo tiempo: está bueno y nunca he estado con un chico negro antes. Es un poco más alto que yo, pero no tan alto como Alex. Sus manos son suaves. Parece que realmente cuida su aspecto.

"Encantada de conocerte, Jamie," digo, notando que parece ser bastante atlético debajo de la camisa blanca y el chaleco gris que lleva puesto.

Nos sentamos, pedimos una ronda de bebidas, y empezamos a charlar. Principalmente sobre cosas del día a día durante los primeros quince minutos o así, lo cual me sorprende considerando para lo que hemos venido.

"¿Has hecho esto antes? ¿Quedar con una pareja en un hotel...?" pregunto, ansiosa por dirigir la conversación hacia algo más interesante.

Jamie sonríe. "Sólo un par de veces. Soy nuevo en este estilo de vida."

"No tan nuevo como nosotros," apunta Alex mientras me lanza una mirada interrogadora.

Asiento de la manera más sutil que puedo, y él reacciona conforme a mi respuesta. Los dos estamos interesados. ¿Pero lo está Jamie?

El modo en que nos está mirando sugiere que podría estarlo, pero no estoy segura. Dios, esto me está atacando los nervios. El corto silencio que sigue parece que dura para siempre.

"¿Nos dirigimos a mi habitación?" pregunta Jamie.

Vaya, ¿ya tiene una habitación? Eso es ser previsor.

Alex, aún mirándome, asiente y yo hago lo mismo. Rápidamente me termino la copa y descubro que, aunque hemos cruzado la primera línea, aún me siento un poco incómoda acerca de esto. Aparentemente, Alex se da cuenta porque me coloca una mano sobre los hombros mientras salimos del bar y nos dirigimos hacia el ascensor del vestíbulo. Una vez dentro del pequeño espacio con espejos, Jamie nos mira y sonríe.

"Relajaos, esto se supone que debe ser divertido. Si no

estáis cómodos con algo, simplemente decidlo."

No puedo explicarlo, pero hay algo sobre él, en sus ojos, que hace que quiera confiar en él.

"¿Puedo?" Alarga una mano hacia mí, esperando la aprobación mía y la de Alex.

Cierro los ojos, disfrutando de la sensación de sus dedos recorriendo mi pelo. Simultáneamente, Alex me coge la mano y empieza a besar el espacio entre mis nudillos.

"Sois una pareja muy bonita. Sabía que venir aquí esta noche sería una buena idea."

Capítulo Siete

Las puertas se abren con el acostumbrado ding, y salimos, siguiendo a Jamie, quien parece saber exactamente a donde va: la habitación al final del pasillo.

Una vez estamos dentro, Alex se quita la chaqueta y me quita el abrigo y el bolso. La habitación parece adecuadamente opulenta, con su cuidadosamente elegida paleta de colores de bronces terráqueos y dorados. Ciertamente combina con las expectativas establecidas por el elegante vestíbulo y bar. No hay suficientes asientos para que tres personas se sienten, aparte de la enorme cama con dosel, así que ahí es a donde me dirijo mientras veo como Jamie se desabrocha el chaleco.

Alex, quien ha vuelto para recuperar su lugar junto a mí, se agacha para ayudarme con mis zapatos de tacón. ¿Nos vamos a desnudar directamente? Una vez que mis zapatos están quitados, señaliza que debería tumbarme en el centro de la cama, reclinada contra los esponjosos cojines cubiertos de satén. Adoro como el suave tejido acaricia mis piernas y brazos desnudos, pero me va a costar un poco más de control mental para relajarnos completamente.

"No te preocupes. Esta noche es toda para ti." Me vuelve a coger de la mano, continuando sus besos y sus caricias que había empezado en el ascensor.

¿Todo para mí? Las mariposas empiezan a revolotear por mi estómago, y la mayoría de mis nervios son sustituidos por excitación y curiosidad.

Jamie, quien también se había deshecho de sus zapatos, se sienta a mi otro lado.

"¿Puedo besarte?" susurra.

El pensamiento, además de los continuados afectos de Alex, me provoca escalofríos. Trago saliva y asiento. Se arrodilla junto a mí y me coge la cara. Su piel huele a frescor, ligeramente cítrico. Es un contraste interesante en comparación con el aroma más rico y dulce de Alex.

El momento en que los labios de Jamie tocan los míos, me convenzo de lo brillante de esta idea. Si estaba intrigada y un poco nerviosa antes, ahora estoy completamente implicada.

Alex también se ha movido brazo arriba, sus labios saboreando la cima de mi hombro, donde termina el ancho tirante de mi vestido. Con mi cabeza girada hacia Jamie, saboreando el cítrico de sus labios y lengua, Alex ha tenido suficiente espacio para empezar a mordisquear mi cuello. Mi lugar de las cosquillas.

El placer me envuelve, iluminando partes escogidas de mi cuerpo. Mis pezones se tensan, al igual que mi estómago; justo donde importa. Por supuesto que había fantaseado, al menos de pasada, mientras escribía trío en *la lista*. Pero experimentar de verdad a estos dos guapísimos hombres, cubriéndome con sus atenciones, es más mágico de lo que podía haber pensado.

Alargo la mano hacia el cuello de Jamie, animándole a que los besos sean más profundos, más apasionados, mientras paso la mano por el pecho y estómago de Alex, hasta que puedo sacarle la camisa del pantalón. El único modo en que el aquí y ahora pudiera ser mejor es si hubiera más piel al aire, y no sólo la mía.

Alex, quien afortunadamente no lleva puesta camiseta interior, empieza a desabrocharse, con la otra mano colocada sobre el más decepcionante punto de mi muslo. Ojalá me tocara mucho más arriba. De todos modos, estoy contenta de ser capaz de tocar su pecho, libre de ropa.

Me separo de Jamie, deseando que a Alex no le importe continuar. Sus ojos me dicen que no le importa nada ahora mismo. Se lanza, pretendiendo superar los besos de Jamie, y lo consigue. El sabor familiar de Alex es embriagador. Le deseo.

Les deseo a los dos, de manera diferente.

Jamie, mientras tanto, se quita la camisa para revelar hermosa piel sin defectos, demasiado irresistible como para no tocarla también. Se escurre hacia abajo en la cama y empieza a besar mis piernas, empezando por las pantorrillas, subiendo, pero no del todo. Quiero gritar, porque deseo con desesperación ser tocada más directamente, pero parecen dispuestos a torturarme un poco más.

El contraste entre los dos es hermoso. Jamie, quien es principalmente imberbe y completamente tonificado, contra Alex, quien es lujuriosamente adorable y tiene un sexy vello masculino que continúo encontrando irresistible. Y luego está la diferencia en el tono de piel. No debería importar, por supuesto, pero importa - de buena manera. Ambos son tan perfectos.

Tirando de la camisa de Alex, consigo quitársela de los hombros. Él hace el resto y la deja caer al suelo.

Entonces, dos pares de manos tocan, acarician, cosquillean, y aprietan lo que parece ser todo mi cuerpo, todo al mismo tiempo. Me incorporo. Alex pilla la indirecta y me baja la cremallera. Jamie y él trabajan juntos para quitarme el vestido.

Mientras una de mis manos continua explorando el esculpido físico de Jamie, la otra mano está ocupada con el cinturón de Alex antes de deslizarse dentro de sus pantalones y descubrir que está duro como una piedra y preparado para la acción. Deja escapar un suspiro contra mis labios.

Los labios que antes habían dejado besos juguetones sobre mi muslo interno, habían seguido su camino hacia la parte exterior de mi cadera, y siguen hacia arriba. Mientras tanto la lengua de Alex continua luchando contra la mía. Estoy intoxicada por él, por su olor, lo cual demuestro acariciándole, intentando aumentar su placer también. Está funcionando. El temblor de sus labios me lo dice. Luego se retira y se coloca fuera de mi alcance.

Jamie mira hacia arriba desde mi estómago, esos expresivos ojos castaños tan calenturientos como los de Alex habían estado sólo un segundo antes. Intercambian lugares.

Alex se arrodilla entre mis piernas, delineando el perfil de mis bragas de encaje tan ligeramente con la punta del dedo. Su dedo captura ligeramente partes del tejido, enviando oleadas de placer por mi cuerpo.

Jamie engancha su dedo en los tirantes de mi sujetador, deslizándolos por mis hombros e inclinándose hacia abajo para dar más besos y mordiscos. Mi clavícula, hombro, cuello, y finalmente mi escote cantan bajo su experto toque.

No puedo soportar mucho más esto sin perder la paciencia y el control. Inclinándome fuera de la cama otra vez, me quito el sujetador con esfuerzo hasta que puedo lanzarlo al otro lado de la habitación.

Mi desnudez tiene el efecto deseado.

"Es preciosa," dice Jamie.

"Sí que lo es."

Alex y Jamie intercambian una mirada, un entendimiento, como si yo no estuviera realmente allí y no tuviera control sobre lo que va a pasar a continuación. De hecho, me siento un poco desamparada, tumbada sobre las almohadas una vez más, deseando desesperadamente que uno o los dos me toque pronto donde más lo necesito, ahora que ya no está tapado. Mi placer reside en sus manos, y aún así debo confiar que cuidarán bien mis necesidades antes de que la noche termine.

Alex se inclina sobre un lado de la cama, lejos de mí, y justo cuando estoy a punto de preguntar qué está haciendo, regresa con un antifaz en la mano. Oh dios...

"¿Confías en mí?" pregunta. Afirmo con la cabeza.

Con cuidado lo coloca sobre mis ojos y yo levanto la cabeza para ayudarle a atarlo detrás de mi cabeza. Todo se vuelve negro, y es difícil luchar contra la extraña sensación de estar cayendo de espaldas. *Por favor, no me hagáis esperar demasiado...*

Justo cuando estoy a punto de gritar impacientemente para que alguien me toque ya de madera adecuada, una mano se coloca sobre mi monte privado momentáneamente, obligándome a soltar otro tipo de grito. Dos cabezas se lanzan hacia abajo, cada una tomando posiciones sobre cada pezón, para jugar, torturar, y hacer cosquillas en competición así como en colaboración. Intento centrarme en lo que cada uno de ellos está haciendo, pero es demasiado y me abruma. Mis ojos se cierran de golpe a pesar de ya estar tapados y me retuerzo sobre el colchón, intentando acercarles más a mí. Recorro sus espaldas con mis manos, sus nucas, sintiendo las diferentes texturas de sus cabellos, mientras que ambos pares de labios continúan trabajando para provocarme una fiebre.

Necesito encontrar esa mano otra vez, la que me ha tocado antes, pero se ha ido. Mis caderas se alzan para encontrar un vacío, hasta que uno de ellos, no puedo decir quien, engancha su dedo en el elástico de mis bragas. En vez de tirar de ellas hacia abajo directamente, él pasa su dedo por la sensible piel justo debajo, de lado a lado, un par de veces, enviándome a la desesperación. *¡Tocadme de verdad, maldita sea!*

Otra mano se une, tirando de mis bragas desde el otro lado, y finalmente obligándolas a ir hacia abajo. Intento encontrar donde están Jamie y Alex al tacto, pero es difícil hacerlo porque no me quiero arriesgar a meterles el dedo en el ojo y arruinar el momento. La distancia entre ellos y yo parece más lejana instantáneamente, ahora que ya no puedo ver.

Sin embargo aún puedo sentir sus afectos juguetones. Un dedo, corriendo desde mi ombligo hacia abajo, encontrando el pliegue que esconde mi clítoris. Otro par de dedos, viajando hacia arriba por la parte interior de mi muslo, hasta que se encuentran con mis suaves y recién afeitados labios, ya húmedos y suplicando más atención.

Alguien levanta mi pierna y la coloca sobre una cálida parte del cuerpo, probablemente su muslo, pero no puedo estar segura... ¿Cuándo se ha desnudado? ¿Cuál de los dos es?

Labios encuentran los míos; ahora un sabor familiar. Es Jamie otra vez. Su mano se cierra sobre mi nuca y me sostiene fuerte y segura en el sitio.

Me retuerzo y lucho contra lo que asumo debe de ser la mano de Alex sobre mis muslos, hasta que también soy besada ahí abajo. Es casi demasiado. Grito en la boca de Jamie y ambos se retiran. Oigo voces ahogadas, pero no puedo distinguir lo que dicen. Luego oigo lo que deber ser un paquete de condones abriéndose. ¿Va Alex a dejar que Jamie me folle? Tiene que ser eso, porque Alex no tendría motivos para usar un condón...

Alguien coge mi mano y la coloca sobre su polla. Suave, sedosa, e impresionantemente larga y gruesa, la erección que tengo entre mis manos se siente horriblemente tentadora. Sé exactamente donde la quiero si me dan la oportunidad. Dos cosas son seguras: éste no es Alex, y aún no hay condón. Pero lo que encuentra el camino dentro de mi otra mano parece ser él. Y entonces ambos se retiran, dejándome con ganas de gritar que dejen de torturarme. No puedo dejarles saber que han ganado.

Sólo segundos más tarde, manos acarician mis muslos

y el colchón entre mis piernas parece hundirse. Hay alguien ahí abajo, ¿pero quién va a ser esta vez? Más besos, cosquillas, ligeros toques.

Jadeo de sorpresa cuando de repente estoy llena. Esto es lo que quería desde que empezaron su gentil tortura. Y me mata no poder ver quien es.

Imaginándome a Jamie y luego a Alex, turnándose, alargo la mano, intentando averiguarlo seguro, pero mi mano es interceptada y sostenida allí. El extraño en la oscuridad empieza a moverse. Empujones controlados, posiblemente controlándose tanto como puede. Necesito ver. Necesito sentirle contra mi cuerpo y saberlo.

¿Es Alex? Él podría haber querido tomarme primero. Pero entonces, ¿de qué iba lo del sonido del paquete de condones?

Bombeo mis caderas para reunirme con él, para animarle a acelerar más. Nunca antes me he sentido tan desesperada por tener un orgasmo como ahora. Las manos sueltan su fuerte sujeción de mis muñecas y coloco mis brazos a cada lado de mi cuerpo. Les seguiré el juego si eso significa que voy a ver mis necesidades satisfechas.

Labios rodean mis pezones casi simultáneamente. Una descarga me recorre, enviándome fuera de control aún más. No puedo evitarlo, mis manos se alargan hacia ellos. Debo sentir las diferentes texturas de sus cabellos contra mis dedos. Debo saber quien está haciendo que.

Mi desafío les molesta, y el castigo llega de inmediato. Los labios se retiran, justo antes de ser capaz de determinar quien es quien, basándome en el ángulo y la posición. Por suerte, el que me está follando no se detiene. Me centro en el mete-saca. La carne contra la carne cuando me penetra profundamente.

Delante de mi cara, un olor familiar aparece. Salado, pero de un modo agradable.

Alargo la mano hacia él. Sí, ésta es la polla de Alex. Conozco el sabor. Sé como se siente en mi mano. Le quiero. Me encanta como me hace sentir - esta noche, igual que durante todo el tiempo que ha llevado hasta el ahora. Él se tensa cuando recorro sus pelotas con mis uñas suavemente. Reprime un gemido cuando ladeo mi cabeza y le dejo entrar en mi boca.

Te quiero. *Oh dios mío, me encanta esto.*

Jamie está follándome más duro, pero de algún modo aún hay una cierta suavidad y control en sus movimientos aún cuando son rápidos. Gimo contra la polla de Alex con cada empuje, deseosa de complacerle a su vez. Dedos hacen círculos sobre mis pezones, lo cual desencadena una inevitable reacción en cadena. Grito, de manera ahogada, y el tiempo parece detenerse antes de acelerarse por diez. Después de todos esos preliminares, mi orgasmo es casi dolorosamente bueno, y luego es sólo doloroso cuando ambos hombres se retiran de nuevo.

"¡No!" me quejo.

Mi queja es respondida casi inmediatamente. Alex me llena. Lo sé porque su cuerpo presiona contra el mío. Una sensación que conozco demasiado bien.

Me folla más duro que lo que Jamie había hecho, a través del placer, el dolor y la confusión, hasta que aún hay más placer por llegar. Estoy desamparada, tragada por las almohadas, y atrapada por mi amante. Él gruñe de placer, y me marca como suya. Con su último escalofrío, estallo otra vez, y las lágrimas me corren por la cara.

Unos segundos más tarde, me quitan el antifaz y tardo un momento en ajustarme a la luz.

"Cariño, ¿estás bien?" La voz de Alex es un susurro preocupado mientras enjuga la humedad de mis mejillas.

Sólo puedo sonreír y asentir. *Te quiero.*

De fondo, Jamie, quien de algún modo parece aún más hermoso ahora que antes, se ha hecho tener un orgasmo él mismo y me lanza una sonrisa antes de girarse hacia Alex.

"Quizás la próxima vez tú y yo podemos tener algo juntos." El brillo en sus ojos me hace reír, aún cuando en serio me gustaría ver eso.

Alex, quien ha pasado de completo semental a corderito en menos de un segundo, no tiene respuesta. Parece que quizás está más interesado de lo que está deseando admitir.

Ambos se tumban a mi lado. Todos necesitamos un pequeño descanso. Sólo porque el plato principal se haya acabado no quiere decir que no podamos tomar postre. Brazos me rodean, aliviando mi agotado cuerpo hasta que los latidos de mi corazón se calman. Este momento posee su propia belleza.

No estoy segura de cuanto tiempo pasa antes de que Alex se mueva y compruebe su reloj en la mesilla de noche junto a él. Es la hora.

No estoy segura de si volveremos a ver a Jamie otra vez; es algo que averiguaré más tarde. Con suerte le veremos, porque nuestra despedida parece agridulce. Mientras nos ponemos la ropa, Jamie pide algo al servicio de habitaciones. Me entristece irme, pero estoy excitada por tener la oportunidad de estar a solas con Alex. Tanto que discutir y en lo que pensar. Esta noche se quedará con nosotros para siempre.

Nos despedimos, sin sorpresas o discusiones. Esto debe haber sido acordado de antemano.

"Ha sido maravilloso, gracias," digo, mientras le ofrezco mi mano a Jamie.

Él la besa suavemente y sonríe.

"El placer es todo mío." Luego se gira hacia Alex y asiente de modo que sólo él puede entender.

✶✶✶

"Vaya, eso ha sido increíble," susurro, esperando que el taxista no nos oiga.

Alex me sonríe y me aprieta la mano antes de liberarla para buscar su cartera. Saca el familiar trozo de papel - mi lista - y un bolígrafo del bolsillo de su camisa y me los da.

"Supongo que esta noche cubre los dos," sugiere.

Aliso la lista contra su hombro y la leo una vez más. Un extraño y un trío - tiene razón. Aunque él conocía a Jamie de antes, él era un extraño para mí. Tras tachar ambos, le tiendo *la lista* de nuevo a Alex.

"¿Y ahora qué?" pregunto.

Él la pone de vuelta en su cartera y se reclina contra el asiento, acercándose a mí, pasando su brazo por los hombros.

"¿Y si... hacemos una nosotros?" dice.

"¿Una qué?"

Su sonrisa me dice todo lo que necesito saber.

"¿Ya tienes alguna idea?" pregunto.

"Siempre he querido hacer un vídeo," dice.

"Brillante. Un vídeo será el número uno de la nueva lista." Sonrío al pensar en ello. "Oye, parecías bastante encandilado por Jamie. ¿Crees que hay algo más ahí por explorar?"

Alex se encoge de hombros y sólo contesta tras una pausa significativa. "Me puse nervioso."

"Quizás la última vez no lo estarás."

"Te quiero," me susurra.

"Yo también te quiero."

Pronto nos perdemos en nuestros pensamientos. Al menos yo lo estoy. ¡Esto va a ser muy divertido!

Apoyo mi cabeza sobre su hombro mientras continúo cogiéndole de la mano y me doy cuenta de que soy feliz de una manera en que no me había sentido muy a menudo. Estoy totalmente, profundamente contenta. Esta noche fuimos libres, salvajes, y un poco locos juntos. Mañana haremos las cosas típicas de pareja: ver la tele, disfrutar de un día sin hacer nada en casa. O quizás incluso hacer algo de compra para hacer que su nueva casa parezca más habitable. Y algunas noches, o fines de semana, experimentaremos con más locuras de pareja. Perfecto.

El contraste me hace sonreír. Siempre y cuando mantengamos esto así y permanezcamos honestos el uno con el otro, sé que seremos maravillosos juntos. Le quiero, y él me quiere. Pero eso no significa que debamos reprimirnos.

Somos adultos, tenemos fantasías y sueños más allá de estar en pareja, y está bien. El potencial de nuestra experimentación no tiene límites. Incluso si implica a otras personas en nuestras actividades de alcoba, nuestras prioridades están establecidas: *nosotros* antes que *ellos*. Así es como debería ser todo compromiso.

***

www.ingramcontent.com/pod-product-compliance
Lightning Source LLC
Chambersburg PA
CBHW070637170726
48291CB00003B/1051